玻璃屋的人們

林意凡——著

目次

一、薈

星期四，媽打電話來說，薈不見了，怎麼也聯繫不上，且薈帶走跟她一起由美國回來的行李箱，顯然這事與什麼男人有關。我要媽來我這裡商量，因為在不同環境她才能冷靜，我也才能思考。可是媽突然歇斯底里起來。我花一陣子才搞懂，她嚇得連站都站不起來怎麼可能出門。我很難過，卻照例無法讓她明白我的心情。

一年多前，為了爸的喪禮，我妹妹姚謙薈由紐約回來此地。當時，我已由園區回到家四天，卻一直沒與媽講話，原因是我認為該將爸的骨灰帶回爸的老家，埋在菜園裡一棵番石榴樹下，媽卻堅持由禮儀公司接手，按傳統的方式舉辦喪禮。所以，薈回來隔天就至我房間，不完全進來而是站在靠門處的，問我為什麼那麼堅持，與媽不就是作法不同而已嘛。薈十五歲被爸送至美國，自那以後，就算她偶爾回來，我倆也不曾至彼此的房間聊天，所以那天我倆都表現得很不自然。

我察覺到薈是媽派來說服我的，因此，心裡雖想，事的本質是爸對我的意義不同於爸對媽的意義，嘴上卻只答說，那樣的喪禮不是爸的喪禮。薈由門口移進來幾步，背靠衣櫃，表情似是聽不懂我的意思。我心裡奇怪她，一面解釋道，爸一生反抗權威，痛斥迷信，是位理性主義者，並且由於頭腦清楚所以還是位純粹的理性主義者，他生前的遺憾是沒能出國從事科學。現在，他過世了，卻得忍受我們替他辦一場基於迷信的喪禮？媽想按傳統辦理，不過是因為太在乎人們的觀感。媽總是這樣，她卻不想想，按禮儀公司的流程辦完以後，人們會認為爸是位迷信的人了。迷信是什麼？是去相信謊言，並用行為認證謊言！爸一生渴求真相，最討厭的就是謊言，薈卻贊成媽，難道，薈對爸竟了解得那麼少嗎？

我說話的時候，薈一直用那雙眼尾上翹、和爸一模一樣的大眼睛看我，偶爾轉來她圓鼓鼓很漂亮的後腦勺，以手扯著紮歪的細軟馬尾在玩——薈的長相是我喜歡的那種，我自己卻同媽一樣長了對瞇瞇眼——然而，當我以結語質問她時，她卻立即轉開雙眼，淡然眼神使我想起多年前爸帶我們去黃石公園，我與她一起在禮品店挑選上的某張明信片；明信片中是一隻在野地眺望遠方的小赤狐。

我看得出她不贊同我。果然，她只沉默一下子，就拐彎抹角地反對我了。她在長篇大論中強調式的一連說了好幾次「屑屑」，看來真在乎自己說的那些事情。

薈的論述是，她小時候迷過演化論，然後又迷上那種視人類為直立行走之化學反應集合體的概念，然後有一天，不知怎麼的，她突然意識到人的認知如果包含科學，也只是一些如屑屑般的資訊，是來自科學殿堂中也如屑屑般、隨時就不會成立的知識，自那以後，雖周遭各式各樣假設總因混和了些科學屑屑而得以凝固、堅實，她仍盡力不要落入陷阱。要怎麼做？對這問題，她的回答是：「就是一個人得克制自己的一廂情願嘛，想去混合主觀想法與科學屑屑的一廂情願。」

薈說完後，我在意的不是她反對我，而是她聽來像個沒有明確精神指引的人，且以爲她自己那樣比較優越！我問她，一個人如果沒有主體思想，怎麼在現實生活裡運行呢？她瞪著我，那雙眼尾上翹的大眼睛不似過去總像在做夢卻仍很亮，說她就算認為一個人能習得的知識只是屑屑，卻還願意相信這世間存有答案，而她是可能尋找得到的。

我不滿意薈的回答，不過當下已無心繼續這類話題。薈沒再說什麼，只垂下眼，返身幫我關好衣櫃門，出去了。

爸的喪禮，終依媽的意見，請禮儀公司來辦理了。我事前收到手冊，知悉流程。但到了當天，當我隨媽和薈走向偌大會場中的小小靈堂，而我看到白菊花叢中有張黑白相片，相片裡一張臉有兩道濃眉與嚴肅雙眸真是爸的時候，無預警的，我就感到所有緣由難解的悲愴由全身各組織溶出，噴發，變成鹹水，淹沒過地板、人，還有白花叢了。有人對我說些什麼。有人抓住我的胳肢窩往上抬。我瞥見前方的媽，她高瘦的身仍舊朝著白花叢，只有臉扭轉向我，用紅腫眼睛驚懼地盯著我瞧。我望著那雙眼，心想，今後，我就是位孤兒了吧。

後來，爸的商會朋友們陸續到場。我已靠自己控制好了情緒，卻依然躲在一旁，沒想要隨媽去招呼接待。我會這樣可能也是因為，在我心目中，爸與他這些朋友們完全不同。

首先不同的是氣質。爸雖經營中小企業，卻散發出一種讀書人的氣質，因為他讀非常多書，並且不只自己讀，他會挑重要的西方經典，勾選我必讀的章節，再交給我讀。再不同的是思維模式。爸的腦不是商人那種，而是數學家那種的。姑姑們就說過，爸從小展露驚人的數學天賦，因此他由鄉下到城市讀高中時，得以突破周遭對鄉下人的歧視，嶄露頭角。不過，後來爸沒能出國從事科學，這份天賦就轉成了對哲學的熱衷。我小時候偶爾在入夜後不睡覺，偷偷爬下床走晃，就常見爸一個人就著小燈，窩在沙發裡讀哲學家們的著作。我一直認為，爸的至交不是哪位提中秋禮盒來拜訪的叔叔，而是羅素與培根呢。

下午，我與薈待在後面的小房間，不去管外頭祭弔的情況。一陣子以後，我因某事需要走回會場，結果，我就站在會場的前方，不敢相信自己眼前所見。偌大會場裡嗡嗡嗡的都是交談聲。好幾排座位上坐滿婦人，一個個皆著質地上好的衣服，用描出了粗黑輪廓的精明眼睛打量彼此，一邊還忙碌不已地交談著。媽就坐在她們中間，神情輕鬆地和人聊天。某位婦人越過兩排座位朝媽叫道：「我上次也有到那裡哩。」某位婦人對一位經過的男子揚聲說：「啊帥哥——帥哥你也來了。」某位婦人滿臉都在盤算的樣子。某位婦人高聲笑出……。

當時，我望著這些人們，想抬手揮舞，想大喊，可緊接著我理解到憑弔爸的只有我自己一人，胸口一緊，就猝地轉身離開了。

我不知走了多久，才想起小房間的方向。

薈不在小房間裡。我坐下，試圖冷靜。

外頭那些人上完香仍留在會場，又與媽熟絡，想必是爸生前時常往來的朋友。在他們之中若是男的，或許自認是爸的至交；若是女的，或許曾在某夜致電給爸尋找自己的丈夫。但是，在這種時刻，那樣的聊天舉動彰顯著什麼？我想到這裡的社會，想到人隨便生隨便死，想到爸壯志未酬，想到……。薈帶著工作人員走進來了。他們沒出聲喚我，只隔了些距離等著，一面謹慎地朝我窺看。

我隨薈和人員走出小房間。剛穿出短廊，一個等在牆邊的男孩就拘謹地朝薈走近。薈卻裝作沒看見，加快腳步向前。男孩滿臉茫然失所了，不過接下去的我沒再注意。一個悲憤的人是不會關心什麼旁枝末節的啊。

在靈堂前，我們母女三人依循指引站定。差不多就在這時候，老政治犯許淳一先生現身了。這位人們曾只於歷史書中讀到的人物，近來頻頻出現在新聞當中，此刻，正以招牌式的高大身材與燦爛白髮引得人們紛紛轉頭，驚訝地注視。兩、三個人神情敬重地上前握手，也有拍肩膀講一兩句話什麼的。老政治犯衣著優雅，風采翩翩。他回應每位致意民眾的模樣，就像人生那十五年不是在獄中，而是在巴黎旅居似的。

我和多數人一樣，也是第一次見到許先生本人，所以我十分激動。我曾在爸的書架上找到過一本米色封面的書，書裡附了張青年許淳一雙眼散發光輝的照片，是許先生剛受軍法審判即將入獄前被人拍下來的。看到那張我再也忘不掉的照片時，我還只是個少女，照片遂烙印在我腦中，超越了任何文字記載而使我堅信，所謂理想家，得像許淳一先生那樣子的，方才算得上。

傳奇理想家竟來祭弔我的爸爸。那說明爸對民主的貢獻比我以為的還大。事實上，爸從沒對我或薈說過那些事，我們會知道，全是因某次媽說溜了嘴：「妳們最好好自為之。爸爸把錢都拿給民主運動了，不會留太多給妳們的！」當時我們以為媽誇大其詞，但或許，我們都錯了。

我望見場中一張張驚愕的臉，意識到，爸有許多事沒讓我們知道，也沒讓朋友們知道，他就是那樣自己一個人藏著。我感到悲哀，悲哀中混雜著驕傲。

許先生張開雙手，輕放在媽的肩上，媽立刻嗚咽起來。許先生輕聲說：「淑娟，我知影，我知影……」

許先生握住我的手，溫柔地安慰。我說不出話，只好不停地用力點頭。

許先生彎下脖子，握住薈的手。薈姿態僵硬地任手被握。

許先生起步走開。我轉頭看，身旁的薈像正在進行某種困難的思考。

「怎麼了？」我問。

「啊？」薈嚇了一跳。

「妳在幹嘛？」我又問。

「剛剛那就是許淳一嗎？」薈望向許先生道，「姊，他最近有什麼事嗎？」

「怎麼這樣問……妳回來後沒看這裡的新聞？許先生早退隱政壇了，前陣子卻突然出來開記者會宣布說他要退出W黨。新聞鬧很大啊。」

「喔。」薈自言自語道，「可是，我感覺到的不是那種，是別的什麼。是什麼呢？」

「妳感覺到的？」

「沒什麼。我只是感覺到他很痛苦。」薈說，一面似乎在消化自己說的話。

我沒再追問薈，因為我知道她愛犯多愁善感的毛病，而且這時，一位奇怪男子已站到媽的面前，情況需要我來處理了。我稍稍移近媽的身邊。

男子一身微反光的深灰色西裝，西裝下藏不住的突出肌肉使他看上去宛如隻發亮的灰豹似的。這位豹先生模仿許先生把雙手放在媽的肩上。接著他掏出一張名片，印有某某基金會名號，再掏出第二張名片，印有W黨黨徽與某政治人物辦公室下接前國會助理×××的小小字樣。他的目光藏在鏡片後方，兩道粗眉上下舞動，咧開嘴，不知是笑是哭地表示：「委員非常想來，是是是，委員非常想來，已排開所有會議了才發現紀念會就在今天，而委員是被交代必須出席紀念會的啊。」我們聽了都沒說話，於是男子又大聲地嘆道：「姚前輩就這樣走了真令人惋惜，沒能見到我們在紀念會上正式清除所有民主鬥士的罪名！是是是，今天是偉大的時刻，姚前輩卻錯過了！像我雖出生太晚，沒參與到那場反獨裁統治的偉大運動，但只要想到有生之年能看見全部冤獄被洗刷，就激動得好幾晚睡不著覺！所以，姚太太一定要節哀，一定要節哀啊。」

豹先生說完，拿出手機要與媽加通訊好友。媽轉向我，臉色茫然。我對他說還是我來加吧。於是，豹先生加我，也加薈，然後才起步離開。走了幾步，他突然回頭望向全場，神情詭譎。然後他繼續走，經過許先生的前方。接著，他竟裝作不認識這位同黨元老，一逕地走向牆邊，到陰影處時，拿出了手機通話。

二、淳樸的企求

進行火化的中途薈突然不見，當她再回來時，簡直像變了個人。她嫩白的臉泛著紅暈，表情是先前沒有的生動，身邊則多了一位男子。這位新來的朋友比薈高一個頭，身型挺拔，臉面蒼白，服裝與舉止都洗練，估計是薈在紐約認識的人。薈以眼裡只見此人的態勢，不停地朝男子說話。男子卻不多話，僅漫不經心地應幾聲，多數時候是用一雙自負銳利的眼睛觀察著會場。我對薈前一秒甩開一位、後一秒自然而然地依附另一位的能耐感到驚奇。然後，我望見媽的臉了，媽正嚴厲地瞪著薈與她的朋友。我心中明白媽在擔心什麼。

薈十五歲的時候，爸與媽發現一直都窩心的薈會用美術刀割自己的手臂。然後，在一個深夜，爸抓到薈裹一條迷你裙裸露出光光腿桿，欲趁父母睡覺時溜出家門。於是，不等薈畢業，爸即送她去了美國。薈在美國唸高中時，性情似乎安定許多。然而，她在大學又因選主修的事與爸起爭執。最終，薈放棄爸建議的工程主修，繼續換了好幾次方向，方才湊合著以戲劇主修畢業。那時，她似乎有些理不清的男女關係，就算後來總算堅定起志向，到紐約去念電影學校，爸媽也還是放心不下。我就不知多少次聽到爸與媽在低聲又焦慮地討論薈的事情。

不過這會兒，在火化現場，我也想起數年前曾與薈有過的一次交談。薈在其中向我闡釋她的理念：「姊，在這種時代這個世界裡，一位年輕的女性如果渴求知識，渴求生活，她就只能由遇到的男性來獲得通往知識與生活的窗或者更好是門呀……」

所以在驚奇之餘，我還是同情起——不，實際上是羨慕起薈了。

火化結束，親戚朋友們漸漸散去。這時，我卻被一位自稱是記者的奇怪青年接觸。

這位穿白色馬球衫與黑牛仔褲，長得白白淨淨的青年自稱，他代表一家年輕人創立的網路新媒體，欲採訪許淳一先生，卻在苦苦跟到告別式以後，被許先生拒絕了。雖然如此，他認為許先生在這個時間點參加這場告別式肯定不單純，所以他希望問我們一些問題，不會占用太多時間的。媽一聽，立刻拒絕。我卻同情起這位額頭泌出細小汗珠、說到許先生臉會發光的青年。媽要薈陪著我，我們姊妹倆遂站在會場入口，接受採訪。

「許淳一先生來令尊的追悼式，這件事實在令人好奇。我想請教，令尊與許淳一先生是怎麼認識的呢？」

第一個問題就使我思索。我答：「……真正怎麼認識的，我不清楚。不過，我念高中時，讀到許先生的事蹟，跑去問我父親，竟發現他們認識。所以他們一定是在那之前就認識了……」

青年原本眼神呆滯地聽著，並一直用右手來回地搔抓左手手肘的皮膚，突然，卻換上個祕密的表情，壓低音量問我：「許淳一沒出席今天的紀念會，卻來了令尊的追悼式。看來，退黨是玩真的吧？」

我困擾地望著青年。他更加用力地騷抓手肘皮膚發出嚓嚓嚓聲響，自行說下去。

「當然，我們還得考慮許淳一與令尊的交情。您先前說，令尊生前是從事燈具貿易的？」

「是。我父親的貿易公司在最好的時候，曾銷售到全世界有三十多個國家。他主要是賣到日本與歐洲。那些是最高階的市場嘛，他曾對我說——」

青年打斷我：「那怎會與許先生有交集？」

我被他的模樣與問題冒犯了，不高興地反問：「生意人就不能與民主運動有交集嗎？我父親很久以前就在資助許先生了。而且不只許先生。聽我母親說，我父親只要賺了錢，就拿去給民主運動，一輩子沒有改變。」

青年的臉馬上顯得赧然，猴子般的動作也停下來了：「有這種事？我怎麼沒聽說過呢。我對近代史做過不少研究，跟許先生有關的事我可是搜集齊全喔。可是，還有我不知道的事？還好我特地跑來訪問您。您沒遇過像我這樣積極的記者吧？那麼，令尊是從什麼時候開始資助民主運動的？難道是在獨裁政權結束以前？」

我看了看薈，薈則茫然地回看我。於是，我更加板起臉回答：「那種事我不清楚了——」

青年卻變得興致高昂，追問：「令尊是從什麼時候開始經商致富的？」

「致富？」這詞彙使我不舒服，「我父親在我九歲時創業，生意後來很不錯，可是要說致富的話——」

「請教一下，您今年貴庚？」青年以實事求是的態度問我。

「……我不年輕了。」我的臉變得很燙。

「不好意思，我不是有意打探隱私，只是想推算一下。」

「你真正想知道的是我父親什麼時候開始幫助民主運動的，是嗎？照你的說法，應該就是在獨裁政權宣布終止的前後。」

青年自言自語道：「那個時候的話，資助民主運動還是需要勇氣，畢竟是獨裁政府自行宣布結束獨裁，沒人知道會怎麼樣嘛。」

我的情緒平緩了下來：「你這樣說很有道理，不過，與其說是勇氣，不如說是我父親很淳樸。你如果了解我父親，就會知道他多麼厭惡不公不義了。我相信他當時沒想太多，只是覺得該做就去做。但現在回想起來，他的確冒了很大的風險。」

青年不接受我的說法，堅持道：「不，令尊當然很有勇氣。那時候，許多人還渾渾噩噩，他就已經——事實上，那時候，你們全家都為民主運動承擔了風險！」

我沒這麼想過，但青年說得有道理，我心情豁然開朗，答：「你說的是。」

青年繼續說：「而且，政黨輪替，W黨當家以後，令尊也沒去求什麼官位吧？」

我答：「當然沒有。我父親一直在經營原本的生意。」

青年語氣激動，同時舉起了右手——那上頭已布滿桃紅色抓痕與蚊子叮咬的粉心腫包：「不只這樣，他也沒求名，沒有幾個人知道令尊為民主運動做的貢獻！」

我望著青年記者，全身顫慄了一下。突然，燈光啪啪地在四周暗下，這時，一直沒出聲的薈開口說：「他們要關門，採訪該結束了。」

離開告別式會場，媽、薈和我坐在計程車上，誰也沒對誰說話。我不想吃晚飯，一到家就進自己房間，思索這一天發生的事情。

我坐著，馬上又站起，站著，馬上又這裡那裡地踱步。

告別式上人們聊天的神情、說話聲、不知為何發出的笑，全盤旋在我腦中，揮之不去。我知道，是受辱的感覺使我坐立難安。我知道，我的巨人已沉沉睡去，再無可能反抗。但我必須做些什麼。在巨人的氣味完全消失以前，我必須做些什麼。

我站在窗前，巷子沉浸在夜藍色的靜謐當中。

我決定了。

我到薈的房間，一股腦朝裡說：「真的很難過。妳想，今天的告別式裡有誰在乎爸？那些人太不尊重爸了！他們在乎的只有自己，妳不覺得嗎？」

坐在書桌前的薈轉頭望著我，沒說話。

我繼續氣勢洶洶地說：「像爸那樣相信公平正義而冒著危險資助別人的，一過世，就被世人忘得一乾二淨，這種事我無法接受！」

薈說：「姊，我也很難過，但爸沒被遺忘，他不正在妳和我的思緒裡嗎？」

我說：「就是因為一直在我的思緒裡我才想得要瘋了。我告訴妳吧，我不要再想，要行動。妳知道嗎？不是這世界有什麼問題，是知道的人沒把爸的故事說出來。妳知道我們該做什麼？我們該向所有人說出爸的故事。」

薈重複我的話問：「說出爸的故事？」

我一面惱薈反應遲鈍，一面急切地闡述開來：「對，我已經想到許多作法。我們應該幫爸立傳。他不是有筆記還是日記的嗎？應該整理一下。我明天就來整理。可以出版，拍成電視劇什麼的。妳在幫人編劇不是嗎？應該會認識影視圈感興趣的人吧。」

薈說：「爸的、爸的什麼故事？姊，妳不會是因為小男生的採訪就變成這樣了吧？坦白說，我不覺得我理解爸真實是什麼樣子。爸不就經營一家燈具貿易公司嗎？唉，姊，我了解妳很悲傷，我也是，媽也是。我想，我們該給自己一些時間沉澱。」

我感到一股火氣上來：「悲傷有什麼屁用？哭哭啼啼的不過被人在背後取笑。我已經受夠女生得委屈求全這種事了。況且，現在受委屈的不是我們，是爸耶！我們不是該像個男子漢一樣面對這件事嗎？」

蓊反問我：「面對是什麼意思？我們現在不就在面對嗎？」

我答：「我說的不是爸的過世，我說的是爸的事蹟！爸的事蹟就存在那裡，很少人知道，卻不是個人私事，是歷史的一部分！歷史不該被人遺忘！」

蓊瞪著我，過了好半天才徐徐地說：「姊，妳有沒有想過，死亡是什麼？」

我回瞪蓊，沒答腔。

蓊又說：「姊，我是說真的，妳想過死亡是什麼嗎？這件事很重要，我們應該好好想想。」

我沒讓蓊偏移話題，抓緊地問：「那爸的事蹟呢？」

蓊說：「我們該讓爸安息。」

我又想哭了：「安息？喪禮那樣爸能安息？爸簡直、簡直像被人曝屍荒野。是我們沒盡到最後的責任——根本不該理會媽說什麼。媽遇到壓力只會想到自己。當時爸想分手，媽卻因爸牽過她的手就堅持嫁給他。好吧，她想辦法懷上我了，爸只好放棄出國，負起責任跟她結婚，所有人痛苦的開始。難道我說的不是嗎？當然我知道沒有媽那樣就沒有我。但那是另一回事。我因此就不能點出她的問題嗎？而且，有我真的比較好？」

薈面色難看地說：「姊，爸和媽的過去真是妳說的那樣嗎？我覺得不一定吧。」

我說：「當然，我有簡化。我相信他們一開始很相愛，但後來愛情消散，那沒什麼嘛，好聚好散就是了。可是媽的觀念太保守，堅持交往就得結婚，竟想辦法懷孕，或她根本沒懷孕卻欺騙爸說她——」我說不下去了。

薈注視著我，說：「姊，妳說的是爸的看法吧。只是爸的看法，不一定是實情。」

我說：「但妳與我還是能由他們的吵架聽出蛛絲馬跡，不是嗎？而且爸是有根據的。他是在我出生後回推日期，發現不可能是媽說的時間，才開始懷疑媽欺騙他。」

薈說：「那又如何？」

我說：「我知道光是這樣不足以解釋當時發生的事。但我告訴妳，我還跟爸釐清過另一件事。那時我已經在工作，年紀比較大了，所以爸願意稍微對我談談當時的事。我問他，跟媽婚前只發生過那一次嗎？爸對我嗯了一聲。他嗯了一聲呢！」

薈瞪著我，表情似乎是說：所以呢？

我沒想到還得對薈解釋這種事。我說：「爸很羞澀，妳知道的，他那樣已經是他能表達的最肯定答覆了。」

薈緩緩地把筆放進筆筒，站起來說：「姊，我們不該一直活在爸媽的過去裡——」

我知道薈不想再談了，我說：「或許妳可以，但我沒辦法，因為我的出生就是他們的矛盾。」

薈憐憫地看著我。我移開視線，望向薈的書桌。這張漂亮的胡桃木書桌比常規的矮小，是個子矮而吃過不少苦的爸在我出生時，想像我成長的模樣，獨自畫設計圖、挑選木料、找木工訂做完成的。我小時候不懂愛惜，往右側抽屜貼了張大象貼紙，立即被媽大罵，撕掉了，至今還能見木頭表面有一塊殘痕。使用書桌幾年後，我迅速地長高，高得出乎爸的意料，明顯是遺傳到媽了，也就不能再使用這張變得太矮的書桌，只好傳承給薈。如今，書桌桌面被人放了塊牛皮硬板，樣貌已與我擁有的時候大不相同。

薈說：「追悼式辦成那樣，我也很難過。我現在也認同妳之前說的，簡單下葬更好。可是，這時候講這些已沒意義，無論如何，爸只能在我們心裡安息。」

薈的話使我下意識地想挑釁：「妳也說起這種陳腔濫調？我看妳是怕麻煩吧？妳一回來就躲在房間裡寫寫寫，在寫什麼啊？妳寫的有比家人重要嗎？」

薈整張臉繃緊了：「我的工作對我來說很重要。」

薈這句話不知為何狠狠地刺傷了我。我不再說話。

但接著，我又強硬起態度：「對我來說，現在我人生中最有意義的事，就是說出爸的故事！」

三、園區

告別式辦完後，我依著直覺，在家中一架書櫃下層找著了爸的日記。這六本方格紙筆記本與爸自青年時期便慣用的那類簿子沒什麼不同，只是稍奢侈地帶了硬殼封面，透露出爸對日記的重視。我拿著日記本拜訪在出版社工作的高中學姊。數年前，我一時作興寫起短篇故事，就曾拿那篇取名為〈三重奏〉的作品給學姊看過。當時我一次次改寫，一次次寄給學姊，學姊總回以同樣的評語：「需要再改寫」。但這回，她只稍微翻一翻爸的日記，就顯出很大的熱忱，告訴我，日記很有潛力，只需刪減太瑣碎的部分即可出版。我聽了很欣慰。既然事情在短時間取得了如此的進展，我決定向公司銷假，提早回去園區。

告知媽這個決定時，我卻察覺到一件不想察覺的事情。媽顯然因我將提早離開而鬆一大口氣，無論是對薈說話還是在跟別人講電話，聲調都變得愉悅，舉止也變得自然。媽的轉變使我幾乎要想起某些無聊的童年往事，於是，我把自己關在房間裡大掃除，直到坐上回園區的巴士。

隔天早上，風照例吹得狂，使區管理處的三面旗子劇烈地拍打旗竿，也使藍天一塵不染的。不過在這裡，風再狂也有吹不動的東西。比如馬路兩旁一棟棟白色或灰色穩定而光滑的廠房建築。比如人行道上由圓形水溝蓋邊緩緩溢出的鏽橘色水。比如路中央枝幹被鋸光而能紋風不動的行道樹。也比如以穩健速度走在大馬路旁的我。當年我乍到此地，經過一棵棵遭鋸而裸露出木質部的行道樹時，曾突然警醒。不過，那是好久以前的事了，無論如何是好久以前的事了。

我繞到小吃街。在眼前林立的招牌是：鮮×、飯包、機車、便當、指壓。陽光很大，聚攏過來提醒人要緊事務的招牌們看上去很蒼涼，而招牌下男男女女們全與我年紀相仿，神情全極為暴躁。我查了下時間，離開隊伍，到下一攤去。

我自大學畢業，就一直在園區一家為全世界代工關鍵零組件的公司任職。

任職前，曾來這條小吃街找住處。當時，我見路上全是神情暴躁的人們，內心感到震驚，卻還沒將此光景聯結到面試時人事官對我的嚇唬——說她觀察到有才華的人進公司兩年後就消失且不是離職的那種消失。我隨房仲看完一間、兩間、三間無廁無窗如監牢的小房間以後，終於忍不住開玩笑地問：「為什麼這裡的每個人看起來都在生氣啊？」這胖房仲原本捏著一坨衛生紙，不停地擦她那張正在高溫下融化的妝臉，一聽，把雄偉上身轉向我，臉上無表情地朝我瞧了一會兒。然後，仍舊無表情的，她忽視我的問題，繼續先前對我的施壓：「怎麼樣，決定了吧？我分享給妳聽啊，我帶妳看的這幾間都緊靠園區卻比較便宜，這種物件一下子就會被搶光的。」

在得知我被公司錄取的那一陣子，爸每天都掛著心滿意足的表情，彷彿在說，未來會對他女兒很好，也會對他自己很好。就因為這樣，無論失去枝幹的樹或宛如監獄的租房曾引起我什麼疑慮，我還是依照公司人事部門的指示，完成了體檢與英文測試，隨後，去園區赴任了。

新生訓練緊接著來。我與幾百位新進人員排排坐著，乖巧地讓人事部門對我們輸入有關公司的正確觀念，諸如「這是一家全球級的公司」，以及「公司文化最重視誠信與勤勉」這類語句。我們且被要求背下第一句中的「全球級」、第二句中的「誠信」與「勤勉」等大約五十多個分放不同句子的形容詞與形容意味名詞，好能在兩天後通過結業考試。

我可是把培根與羅素視為摯友的人的女兒啊。怎能忍受這種對待？在即將結業的某個深夜，我發現自己突然由睡夢中直挺挺坐起，兩眼圓睜，頭顱如失火。這樣以後，我就再也顧不上爸的心情了。我打電話給爸，說明辭職的決定。爸立即大發脾氣：「妳必須著眼於大事，不要在意形式。妳一直有這個毛病，不耐煩由基層做起。這樣怎能成就大事呢。」

前方有幾個人放棄排隊，走了。我意識到隊伍移動地很慢，遂也放棄了，回到大馬路上去。

燈號變換，無以計數的摩托車發出彷彿欲挖開柏油路的巨響朝我衝來。我閉氣，待臭味散去後，才吐一口氣起步。天氣真好。藍天襯得一切無比的明亮。由我行走的地方望去，可見陽光把所有建築物邊角都照成閃亮的白金色線條，也見廠房後方如粉彩繪出的幾個管狀和圓筒狀的建物，正吐出一朵亮白色氣體，與一朵尿黃色氣體。我望著，記得自己曾由此情此景感受過詩意，現在，卻覺得有點哀淒。

我走進公司大門。大廳裡排了好長的隊伍，正等著讓X光機檢查包包。在隊伍中，我也看到了財務長。讀大學時，我就因擔任社團幹部而認識來大學義務輔導的財務長。她當時可愛又可親，與我們所有人都打成一片。不過，我上班以後，還沒在這家龐大的公司遇過財務長，因此立刻想上前說嗨。然而，還沒出聲，我內心突然充滿畏懼。我意識到，主動上前向位階這麼高的人打招呼是不妥的。想想看，眾人會生出多少敵意，而我打招呼的對象又會怎麼感覺到被我冒犯了呢！這樣想以後，我就彎下脖子，裝作沒看見財務長了。可是財務長卻看見了我。她叫我的名字，威嚴地等我回答。我期期艾艾地回答，心裡很是慚愧。沒多久後，財務長起步離開，我則發現自己兩腋下全濕了。我想，我的大學時光，早是別人的回憶。

我在座位前放下提包。工程師們見我回來上班，都露出開心的模樣。先走來的是身材軟圓有如大玩偶的小熊。他粗魯地問我吃早餐了沒，然後遞給我一顆飯糰。再走來的是總在吃花生米的魯魯。他腳下發出嘰嘰響地經過我座位，放下一張明信片說是出差時買的。我朝明信片瞄一眼。在長方卡紙上，一個肌膚死白泛青、面帶病容、頭發出火紅色聖光的女人，在可說是動物內臟顏色的背景前，對觀者作出撩撥的姿勢，也就是說伸突她瘦削而生病的裸體。我不用近看也知道這是孟克的名作〈聖母瑪莉亞〉。魯魯為什麼送我這張明信片呢？對此我只疑惑了幾秒就了然於心。我心想，哎，哎，好啦，我懂。

一如以往，這天，我與所有人的第一件任務是去參加會議。副總舉辦這場會議，目的是為了幫助各部門主管預演幾週後要向事業群總主管報告的那場會議。副總在四輪椅上坐定，各部門主管便全瞪著牆上投影，輪流用彆腳英文一字字唸出準備多日多夜的簡報。報告馬上被打斷了。精力旺盛的副總像小學老師全場躁動著詰問不休，而擁有博士頭銜的報告人便鼓動自清晨起床還沒耗盡的自信來回答，接著他囁嚅地回答，不一會兒後他整張臉發白了不出一聲。此時，副總身旁那位官位雖高但還是比副總低一階的處長則將他女人氣的臉朝向副總，在副總氣得說不出話時，發出幾許彷彿是氣球不小心被放氣的笑聲。終於，能罵的都罵完，換下一位報告了。先前的報告人便像一位自棄的小學生，兩眼空洞地盯著自己的手，對任何事都不感興趣。這種自棄氛圍在不久後，就由一個人擴散到兩個人，再擴散到八個人，最終成為體臭，瀰漫在所有人之間。至此，會議也宣告結束。照例是副總先離開，然後剩下的人才走出會議室，到長廊裡大口大口地呼吸。一些人顳頂地走向廁所。我也進去一間廁所，關上粉紅色的塑鋼門。我蹲下，一面望見貼門上的一張英語教學漫畫。漫畫教如廁者可在同外國人開會時使用「Good job!」這種詞彙表達讚賞或慰勞。我盡量使自己放鬆，但漫畫裡的大鼻子外國人與小眼睛員工可不放鬆。他們都驚奇地張大了眼，朝我瞧來。

午餐了，員工食堂裡鬧哄哄的。工程師們在會議室裡沉默寡言，但一坐到食堂的桌邊，馬上就變得不同。大夥兒熱烈地討論最近的大事。

大事之一是，有一位美國年輕人，先前不曉為何沒打聽清楚，竟應徵上本公司總部的暑期工作。結果，才在園區待一個月就飽受驚嚇，不只提前終止工作契約，還在北卡羅萊納的家休養一陣子以後，向西方媒體投了篇措辭嚴厲、傷及公司名譽的文章。工程師們七嘴八舌，又問又猜道，這美國年輕人到底在誰的管轄下工作呢（他主管還好吧更誇張的太多），他遭遇哪些事呢（大家每天都遭遇同樣的事嘛），投稿都寫些什麼啊（還真敢寫看來公司終究只能用本地人吧）。我望著工程師們只在心口不一時才會那樣歪嘴說話的臉，明白到，此刻大家都在內心默默忍受著一種不願承認的受傷情感。

所以，過沒多久，雖然這件由美國工讀生引發的事本應再延伸出一些富含深意的討論，工程師們還是言語索然了。談興移到下一話題。那是與大家更切身相關的事情。眾人的主管的主管的……的主管——事業群大主管才剛上任，幾天前，便召集整個事業群，做了第一場演講。那位有表演天分的工程師小陳替我重現當時情景。

「他說，要像飢餓的狼找尋全世界的投資機會啊。要拋開過往訓練，不能只關注自己被分派的責任啊。他甚至說，此事業體未來要驅動整間公司，成為全公司的腦啊。腦哩！」

小熊打斷他：「大主管本來就可以愛說什麼就說什麼，想做什麼就做什麼，他是大主管嘛。可是，我很清楚，這公司已經照老董事長訂下的模式優化到極點，不可能再出現變化的了。」

魯魯則提高音調表示：「你們別說哩。公司這幾年都達不到往日超高毛利，去年還砍掉中層與低層員工的分紅。像這樣給不出遮羞費，我就等著看他們以後怎麼留住人才！」

所以，午餐跟會議一樣，都告訴了我，園區還是老樣子，我也就沒隨大夥兒回座位午寐，而是像往常那樣，躲進食堂旁的書店，讓新書的氣味也就是希望的氣味中和掉我那些可愛可憐朋友們呼出的令人頹喪的氣味了。

在書店的時候，手機響起好幾次，都是在公司另一棟大樓上班的高顯達打來的。我不想接，畢竟他知道我請喪假，再說我們分手都已經半年。可是當某次手機又響起時，我想到他要是有什麼萬一怎麼辦，於是接起來了。結果跟平常一樣，話筒傳來高顯達暴怒的聲音，抱怨的仍是他的上司。高顯達在電話中說了許多，仍嫌不夠，他遂要求一同晚餐，好能聊個痛快。

晚上，在一家氣氛良好的餐廳，我望著高顯達那張我太熟悉的英俊卻泛黑的臉龐，聽他講述發生的事情。原來，在公司這波人事調動中，高顯達那部門也新上任了一位大主管C。C學矽谷開了場town hall meeting，要大家盡量說出心裡的話。大家自然不敢說。於是，會議末了，C破天荒的宣布他將打破以往的升遷程序，讓敢代表公司開拓市場的人獲得相應的頭銜與資源。「C甚至說只要你敢要，不怕我不給。他真那樣說的吶。」高顯達激動地向我表示。

為了替多年沒變的職稱做些嘗試，高顯達拿著公司其他部門找人的公告，去敲了大主管C的辦公室門。他對C表示，另個部門對較高職稱所要求的經歷正是他本身也具備的。C看了看，以招牌的高昂聲調反問高顯達：「那是別人的職稱，跟你無關。我要問的是，你想要什麼職稱？」

高顯達鎮定地回答，合理的安排應該是在公司內有相同經歷就有相同職稱。

「他們是他們，你是你。不要被別人做的事情影響自己。而且他們做的是錯的。你要在不知道別人的情況下思考。」C說。

於是高顯達試圖思考，試圖以大主管C建議的方式思考。突然，C站起來，拿麥克筆在座位後方的白板上寫字。綠色的英文大字分別是：administrator, governance, management, leadership。

「你可以告訴我這些字的差別嗎？」C掩不住興奮地問高顯達。

「啊？嗯……」高顯達試圖回答。

C直接講出答案：「我呢在北京清華上EMBA，每個週末都飛去上課。我知道可以直飛，可是我喜歡由香港轉機，雖然花比較多時間啊。總之我現在在上商學院的課程，在那邊我學到一件非常有趣的事情：有人告訴我這個leadership與management不一樣，嘿，我就想，是嗎？我從沒這樣想過。這真的非常有趣對吧。leadership與management不一樣！」

高顯達禮貌的表示同意。

「那什麼是leadership？你可以告訴我嗎？」C問。

「我猜、我想leadership就是能夠讓事情發生——」高顯達謹慎地回答。

該主管不說話，轉身，在那leadership後方用英文寫下一行句子：to give a positive impact，接著拿筆在白板上啾啾兩聲圈起positive與impact，再把筆蓋上，丟回溝槽。他的聲調因興奮而提高。

「Leadership就是給予正面的影響！」C高舉右手說，「什麼是正面的影響？什麼是負面的影響？這就像是我去停車，看到一個空位，卻被人拿東西占了，我什麼也不能做，只能離開，那是負面影響。但另一個例子是，我被我父親痛罵，雖然他很兇暴，但他給了我正面的激勵，那就是正面的影響。這樣你理解嗎？你理解什麼是leadership了嗎？就是給予正面的影響！」

當時，高顯達不知經過多久，也許一下下，也許很長。總之，好半天他只能瞪著大主管C，說不出話。最後，他有膽問了：「請問，leadership的定義跟我的職稱有什麼關係呢？」

C嘆口氣，說：「上週我想雇用一個傑出的高階經理人，我說傑出是真的非常傑出，然後我想給他一個漂亮的職稱。但我馬上被其他人批評了。人事部門告訴我，這樣做會對整個組織造成問題，所以我只好放棄原先的想法。我們是一個龐大又引人注目的公司，作法總會成為產業的標竿，所以很自然的，我們做什麼都得謹慎。要給人頭銜這種事，對我來說就像從這裡走到那裡（他比了個很小的距離）。但我從來都不懂政治，所以到最近才領悟到，啊，我不能想給別人什麼職稱就給什麼職稱耶。對這家公司來說，給職稱是件很嚴肅的事，而我太愛這家公司了。我不知道為什麼，我就是愛。我也好愛董事長。能受他領導，我實在覺得很幸福。」

高顯達說到這裡，向我發出塑料布摩擦的聲音，笑了起來。

雖然我想對高顯達說，他要求職稱時如果同時說要如何開拓市場，情況應該會不一樣，但高顯達的笑聲弄得我極不平靜，於是原本想說的沒說，卻說了不少安撫自己都不成的話語。

晚餐後，高顯達送我回去住處，我還沒進公寓他已經開走了。我在套房裡，疲累地往椅子坐下。我想，高顯達的臉色越來越黑了，而我那些善良又努力的同事們終究不能怎麼辦吧。我想著，突然明白到，這些事之所以帶給我痛苦是因為，我事實上和他們所有人一樣，也是無比崇拜老董事長的。在我的認知裡，此地除了老董事長以外，沒人能在資源如此侷限的情況下做出世界一等一的企業，我只是不幸身為這不為人所道過程的千萬分子之一，又有幸身為這一流成果的億萬因素之一。對於身邊人們的悲慘，我不願究責於老董事長——他只是在實現一個崇高理想——但我也無法究責於包括我自己在內的眾多人們。我陷在矛盾當中，沒有解答。然後，很自然的，我想起幾年前老董事長給的一場演講。

那次，演講人還沒現身，我就已從爆滿的觀眾席感受到一股不得不從的張力，而虔誠地拿出紙筆，準備好好地抄下演講內容。幾位員工到得晚了，開始搶奪僅剩不多的座位，卻是搶那最偏僻的，而不是視野最好的。事實上，誰也不敢去坐那些位置正中會跟演講者四目相接的座位。若有人不幸被推過去了，他就是坐到張燒燙的苦刑椅子，立刻要彈飛起來溜走的。總之，是在那麼激昂的集體情緒中，老董事長宛如馬術冠軍煥發著英氣，降臨在眾人面前。

一開場，老董事長便向全體員工解釋他創立公司時為什麼選定專業代工的生意模式。當時，他被政府延攬回國，有一個重要任務，要創建一家可與全球企業匹敵的公司。那是個偉大任務，資源卻很有限。仔細研究以後，董事長意識到自己被給予一個不可能的任務，因為，在那個時候，這裡既不會行銷，也沒有科技，更無設計產品的能力。當時這裡唯一有的優勢，雖是唯一卻難能可貴的優勢，是人的善良。所以，他決定公司要替全世界其他公司生產關鍵零組件，因為此種商業模式只在擁有強大的客戶信任時才能成功……

我意識到，演講中提到的善良，其內涵是模糊不明的。此刻，這不明內涵占據了我全部的注意，迫使我以往昔不曾想到的角度看向夥伴們，看向為了進這家公司在大學四年只讀書不生活的高顯達。突然，我不能再看下去了，我幾乎被一股無力感攫獲，很快就要——

手機震動起來。

電話上，薈說要來園區找我。我眼睛掃向住處，是衣櫃、書桌、椅、小冰箱、小書架、雙人床、兩幅畫、廁所門。是這些傢伙擠在我的小房間裡，唯一的視覺出口是一扇開向馬路的窗戶。薈看到我住的地方、吃的食物、關心的瑣事、下班後的表情，會怎麼想我呢？我心情沉重，可是我對另一端說好。掛上電話，我盤算起來。明天去買一束紫花吧，還要買一臺除濕機，還要——不，我想要想的，是那內涵不明的善良。我要想那被稱為善良的人們怎麼生活，但我不能再想了，我已被無力感攫獲，很想嘔吐……

四、漂浮的馬與哲學無用論

薈纖小的身子跪在床墊上，只對床頭的海報，羅斯科（Mark Rothko）的〈橘與黃〉瞥一眼，就凝神望向我那幅塗滿甜菜根紅的畫。她把視線停在畫中一隻不起眼的小小的馬身上，那樣地專注，使我也湊近去瞧。雖是自己畫的，隨薈一同觀看時我才發現，身子由白與淺黃色條紋交錯的馬沒在奔騰，不是立著，也不是自在地走路，而是在飛。又由於那垂著四足的肢體看上去沒什麼力氣，所以也可能不是在飛，而是在墜落，總之是不明確地浮在甜菜根紅的上方。

薈問我這什麼時候畫的？我答是去年秋天吧。薈唔一聲，沒說什麼。我隨即問她什麼時候回去紐約。薈跳下床墊，心不在焉地表示已退掉紐約租房搬回來了。我很驚訝。但她繼續說：「哪裡都可以寫劇本，所以留下來陪媽，不過媽行程好忙，根本不需要我陪，而且媽有時候說話很難聽姊也知道，所以才想來園區找找靈感，希望不會打擾到姊姊。」

我問：「媽忙什麼？」

蒼說：「喔，媽拿到瑜伽老師證照，姊不知道嗎？接下來的計畫是製作線上課程，媽以後還會更忙。」

我沒說話，心中有些不快。我翻起蒼帶來的原文版《羅馬帝國衰亡史》，心裡想，反正我早就知道媽和蒼比較親了，我不快是因為另一件事情；爸過世後媽怎麼變得更活潑了？

蒼在我桌上東瞧西瞧。突然，她伸手由一疊書下方抽出我認真寫了數晚的那幾張筆記，站到燈下去讀。我有些不安，果然，一會兒後，她睜大眼睛問我：「姊，這就是妳建立爸歷史地位的計畫嗎？妳好認真！」

聽她這樣說，我立即勸誘：「我知道妳認為我們應想通死亡是什麼。不過，我的想法是，與其去想通，不如去戰勝。建立爸的歷史地位就是戰勝爸的死亡。

妳覺得這件事很難嗎？別擔心。爸對我們的用心栽培，已經使妳與我很有能力了。現在，我們只是需要有魄力。妳不覺得把身心投注在一件值得的事情上很幸福嗎？我們可以由出版爸的日記開始——」

薈神情怪異的瞧著我說：「什麼戰勝爸的死亡？姊，妳這是逃避。妳與爸不是很討厭謊言嗎？現在妳卻想出一些大詞彙來欺騙自己……再說，我很忙，寫劇本不是簡單的事。」

又是她的工作。我瞪著薈心想，無論任何精神永恆她都不相信，這樣子我是不可能與她溝通的。我絕望地說：「妳有妳的想法，我有我的。就算妳不參與，我也會一個人做成這件事的。」

薈像預料到我會這麼說，也不搭話，倒神色自若地提起別的事了。

「姊，這次回來，我把妳幾年前寫的那篇〈三重奏〉帶在身邊，在飛機上又讀了一遍喔。」

「是嗎？」我答，並不想談，恐怕談那篇作品會被撩撥起情緒，我就會更難忍受當下對媽的不快。

不過，要我說何種情緒會被撩撥，卻是說不清的。畢竟當時觸發我寫那篇故事的，只是一個在舊使館區無意間見到的關於別人的景致罷了。

那天，我坐在舊使館區一間咖啡廳裡等朋友。不經意望向落地窗外那排舊汽車與沾滿灰塵的電線桿時，突然，一位少女走入我的視線。我給吸引住了。少女的皮膚白皙，神情脫俗，整個人像散發出微光，卻又被層薄薄的哀傷裹繞。她彷彿剛硬生生地被人由一幅陽光很美的圖畫剪下，再隨便貼到這灰撲撲的背景上方來的。少女身後緊跟一位穿著華貴的婦人。婦人顯然是少女的母親，有著與少女一模一樣的鼻子，只是此時皺著，有著與少女一模一樣的嘴巴，只是此時醜陋地縮曲。而婦人那雙眼或許也曾與少女的一模一樣，只是此時被焦慮弄得完全變了形。一位超凡脫俗的女兒與一名氣急敗壞的母親，母女之間為何出現這樣大的反差呢？由於那時是星期天，地點又是舊使館區，所以我判斷少女是學琴的孩子，母女倆正在去鋼琴課的路上。

這景緻對我起了奇妙作用，我開始動筆寫故事。利用週末假日，坐在租房裡寫一個女人執意將女兒製作成完美女孩的故事。年輕女人想用自己堅信的方式培育女兒，就算硬著頭皮借錢，也要買鋼琴，送女兒去上昂貴的鋼琴課。有天，女人因丈夫對她驚嘆女兒真有音樂天分，而決心提升女兒的水平至她自己認知的世界一流。女人將丈夫書房清空，改成女兒的專屬練琴室，對女兒進行起軍事化管理。這母親帶女兒求教於某位名師，沒想到卻被對方拒絕了，所持理由是這小孩有天分但琴藝不扎實。女人無法置信，於是對女兒展開更瘋狂的督導。那女孩深愛她母親，所以對這些折磨總順從著，沒說過要放棄的話來。然而，當母女倆經過一番準備，再次拜訪名師的時候，卻還是被對方拒絕了，理由同樣是琴藝不扎實。女人像逃走似地帶女兒回家，此後，她整整有兩個月不與女兒說話。當她重新再與女兒說話時，說的卻不是鋼琴，而是做家務的事了，鋼琴課且因一個不重要的理由就被停掉。女人要求女兒做家務就像要求她琴藝一樣地嚴格，那女孩卻對這第二件事沒天分也沒耐性。終於，在某天夜裡，女孩離家出走了，頭一次呼吸到新鮮又刺激的空氣。後來，女孩帶著冒險歸來的愉悅再度走回家，在巷子上遇到了四處尋她的母親。那母親責罵女兒：「妳怎麼可以這樣對我？妳要是不見，我怎麼對妳爸爸交代？」那女兒一聽，頓時失去眼中光彩，像往昔那樣拖著腳步隨那母親回家……

總之，〈三重奏〉就是寫這麼一個悲傷的故事，而此時我不想與薈討論。敏感的薈望了我幾眼，沒再說下去了。

我與薈這樣產生矛盾以後，接下來幾天，薈都是大清早就背背包出門，晚上再隨我至小吃街用餐，拘謹地扯些無關緊要的話題打發相處時光。然後，她即將結束園區之旅了。一晚，燈已熄，我倆並排躺著準備要睡，薈突然發出彷彿被薄版壓住喉頭的聲音問我，有位朋友要來園區，能不能一起用餐？我不置可否。薈繼續描述這朋友，說他博學多聞，《羅馬帝國衰亡史》就是他讓她讀的，她可從小到大未能好好讀完一本書，如今竟專心地讀起那種厚書到第二冊！還不只這樣，他看穿卻尊重她的不合時宜。且他不會說到心裡話就像其他男生那樣變得軟趴趴的。總之，他替他公司由紐約來亞洲處理一些事務，幾天後也會在園區看投資標的。「可以嗎，一起晚餐？」薈央求。

我望著身旁的妹妹。小房間由於流洩進來的路燈已變成濃郁的藍色調了，而躺著的妹妹也被染成藍色，有張柔和的藍色臉龐，有兩隻交疊胸前、纖小的藍色手背。

我問薈：「妳說的朋友該不會是告別式時妳一直跟他講話的那位吧？」薈尷尬地笑兩聲，承認說：「他叫趙見生，可以吧，姊，一起吃飯？」

在預定吃飯的前一天，發生了個插曲。高顯達又來約我，聽到我將與國外回來的朋友吃飯，便堅持他也要參加。我心裡不喜歡他這種不請自來，但他建議餐廳時我隨口說了句「你怎麼也知道那種時髦餐廳啊」，竟使他誤以為我在吃醋，不斷地解釋說他沒去過餐廳只是想到國外朋友來可帶去瞧瞧，結果，情況就演變成，我為了表現自己沒吃醋而必須邀請他來的地步。總之，到了隔天，高顯達與我、薈、和趙見生一同坐在他推薦的餐廳裡用餐，那真是場古怪的聚會。

我與高顯達先到。正坐下，就聽走廊上由遠而近傳來一男聲，絮絮叨叨地提到福特萬格勒、貝多芬、卡拉揚的名字。果然，是薈與她朋友趙見生。趙見生看上去和上回一樣洗練。薈的雙眼則比平常更翹，更撫媚了。薈看到我們，先美國味十足的把尾音誇張地拉長了說「嗨——」，又滿身首飾一起發出一陣乒鈴乒鈴響聲以後，才在我們面前坐下。

我們點菜，又各自做介紹。薈轉頭對趙見生說：「我姊才是我們家懂音樂的人。」

趙見生看過來。這位剛剛一直對女伴顯擺品味的人不怎麼感興趣地問我：「哦，明儀姊，妳學過什麼樂器嗎？」

我答：「我學過鋼琴。」

薈神情驕傲地對趙見生說：「我姊姊琴彈得非常好！」

我看了薈一眼，很意外她這樣說。當時我因媽強迫我練琴而痛苦，卻沒想過薈可能羨慕我彈琴……。

高顯達插嘴進來，故作活潑地說：「嘿，我聽妳姊說妳來園區找靈感啊？我來這麼久，這種事還第一次聽說。喂，在園區是可以找到什麼靈感啊？」

問題是向著薈的，語中含刺。

薈沉下臉，偶爾才看向人，答：「不管怎麼樣，也只能來這裡找。我對有追求、在掙扎打拚的人很感興趣。我發現想看這一類人我只能來園區。只有園區有希望。這就是我這次回來的新發現。我想，過去十年變化很大。」

高顯達瞪大雙眼，臉擠成一堆發黑的亂紋，顯然在忍住不笑。他反問：「希望？」

薈不睬他，對著我說：「姊，或許妳們身在其中沒感覺，可是，這次我花不少時間在街上亂走，看到的真讓我難過。白天，在市中心最繁華的地方，我看到的人，怎麼描述呢……他們無論是擺頭、說話、行走，方式都一樣，就是都軟軟飄著。近看時，臉一片空洞。更別說女生都瘦得像紙片一樣了。我不懂，非那樣才可以嗎？」

高顯達高聲問：「妳說最繁華的地方是哪兒啊？妳有去一六八大樓那裡嗎？」

薈語帶火氣地回道：「當然有。世界第一高的一六八。落成時使這裡登上國際媒體的一六八。官方說建築設計成竹子代表了氣節可是又取名為一路發的一六八。我可沒類比成巴別塔喔。」

趙見生不發一語地替所有人倒水。

高顯達無視薈對此地的諷刺，反過來酸溜溜地問：「哎呀，這個時代還有人花時間看人，真是奇蹟。妳說回來一段時間了，該不是要搬回來住吧？聽說妳之前在美國工作。那就奇怪了，為什麼要回來這種地方哩？」

薈沒答腔，朝我望來，表情有些不知所措。

我正要解圍，趙見生卻先我一步。

「哪裡找到靈感這種事從來不易解釋，創作者只能憑直覺行事。」趙見生對高顯達這麼說後，又轉向薈以和對方熟稔的聲調說，「哎，不過，靈感對妳已不成問題，妳反倒該把一些還很曖昧的概念想清楚才是。」

高顯達問：「還很曖昧的……？」

另兩人忽略他，就著薈自紐約回來後發想的劇本，開始了一場資訊量極大的對話。雖他們這麼做不見得在針對高顯達，實際結果卻是使高顯達不吭一聲了。

原來，薈將故事設定在八十年後的時代。在那未來的時代，科技已終結癌症，既有宗教則在衰微，此時，卻有股新宗教暗流在奇異又矛盾地壯大。該由哪方面切入呢？薈說這是她目前面臨的最大難題。該設定主角為一位帶領新宗教的年輕領袖，描述他禁得起或禁不起考驗的純真企圖；還是設定主角為一位科學家，滿懷壯志，卻在社會發生劇烈動盪以後懷疑起初衷？對此，趙見生不客氣地評論說沒什麼好選的，因為選項全出自同樣的個人傾向，最終都只會導至同樣的個人結論。他且提問，為什麼主角不能是一位不知自己在做什麼、只是賭一把而意外成為宗教領袖的人呢。或一位破除迷信、長相俊美、還救了所有人的科學家呢？或者，既然她將人物分兩極，乾脆兩邊都當主角，讓兩隊人馬大打一架好了。

我與薈聽了都被逗笑。但隨即，趙見生一臉嚴肅問薈：「新宗教往往代表新的末日觀，妳是否想好這方面的設定？」

薈顯得遲疑：「如果看歷史上出現過的末日觀，無論是末日時壞人下地獄義人上天堂，或末日時中間人敗亡而生產者與使用者親密地在一起，我們看到的其實都是人類因應當時社會的痛苦而產生的同一類思維……」

趙見生對薈不作結論的回答顯然沒什麼耐性，打斷說：「末日觀不外乎是推翻舊有一切迎來美好新世界。或許妳不喜歡我這麼說，不過我看，末日觀的真相其實是推翻一切、換成自己來掌權吧。」

我與薈聽了都同樣吃驚。不過，我們誰也沒講什麼。

自此，趙見生開始了即席演說。

趙見生表示，除了人物設定，還需想清楚既有宗教衰微的這種設定。這種背景就算設定在未來，恐怕仍會因距現實太遠而得不到共鳴。為什麼？因為就算在過去數百年裡，某些宗教教派已被揭穿其教義的邏輯矛盾與政治目的，而當代已有學者結論出各種宗教教義就同經濟思想、會計制度、法律制度等人為的體系一樣，是曾在歷史擠壓下演化過的，但情況恐怕還是不如薈所以為。「不，」趙見生說，「說什麼宗教理應受當代思潮打擊，但宗教現在沒衰微，以後也不會衰微。事實上，多數人根本不知道那些揭露。」

趙見生拿基督教作例子，說近代基督教在歐洲已逐漸失去對知識分子的束縛，但在世界其他角落，卻換上不同面貌，迅速增長出信徒人數。亞洲甚至有信徒認定，信此宗教就是與進步站在一起。「他們該去讀讀歷史！因為，展開基督教歷史就會發現，最突出的是人類迷信神蹟，最有名的是肉體不死升天。再還有羅馬公教對救世主身分的三位一體教義——那實在是所有基督教教義裡最難讓人理解的——看看它的歷史起源吧。吉朋書裡怎麼說？許多證據都顯示，三位一體不是一開始就有，是後來在羅馬帝國西邊省分發展出來的。說得更白一些，被後來信徒引經據典的最有名出處，其實是埃及教派中有人假託四世紀的亞歷山卓主教聖亞他那修之名寫出。至於約翰福音書裡三位一體的語句，則可能原是四世紀某教士翻譯福音書寫在頁邊的眉批，是他自己的想法，後來卻被抄寫員誤抄進主文，再加以羅馬教會支持，便一路錯下來的。如此，才能解釋為什麼早期的長老們從沒提過那段文句。」

趙見生說到這裡，突然看起來很開心。他先問在座知不知道這個精彩推論是誰做的，接著他自己回答：「是牛頓！是牛頓縝密地研究過，提出論證之精采，不遜於萬有引力！可當時是十七世紀。就算是牛頓，還是只敢在給洛克的私人信件裡提。我實在尊敬牛頓。你們可知牛頓還改革過英國的貨幣系統？」

趙見生喝一口水，繼續說：「總之，神蹟是基督教早期最有效的傳教方式。至於神蹟不靈怎麼辦？啊，他們會說，在誰身上不靈表示誰沒受神眷顧——無懈可擊！那麼，迷信會怎麼樣？一旦群眾迷信，就能被煽動，成為鬥爭的工具。基督教的歷史就是一部鬥爭史。在歷史上，基督徒以上帝之名屠殺的基督徒人數，遠遠超過基督教成為國教前被異教徒處死的人數！」

趙見生停下演說，咕嚕咕嚕把一整杯水喝乾。薈驕傲地看我一眼，然後跟著喝一口水。我見薈望著這自命不凡之人的眼神，心想，她這次可是認真的啊。

身旁傳來些金屬碰撞的尖銳聲響。轉頭看，高顯達正埋頭持餐刀來回鋸盤裡的一塊肉排。突然，高顯達放下刀叉，抬頭望向趙見生說：「你剛剛說的吉朋是Edward Gibbon吧？他寫的那部書我知道，《羅馬帝國衰亡史》嘛，有六冊！老兄，你記那麼熟，全背下來了啊？我太佩服你，我從小最佩服這種能把所有課本背下來的人啊。」

趙見生冷峻地看高顯達一眼，對薈與我繼續說：「《羅馬帝國衰亡史》在英國剛出版時，曾引出許多爭議。且不只羅馬教會，連新教領袖都一起抨擊吉朋。為什麼？因爲吉朋不像同時代人將基督教興起的原因全歸給上帝，而是以史料去陳述社會與人性方面的緣由。這種作法惹惱羅馬教會自不用說，但也惹惱當時的新教信徒，那就有意思了。那些新教徒雖然認為基督的真實教義被腐敗的羅馬教會扭曲，卻沒用同樣標準去看基督教早期的歷史。也就是說，他們為維護信仰的神聖，採取了選擇性思考。神聖可重要了，一但被破壞，許多觀念就不能確定。今天，許多人沒信什麼宗教，但對事情同樣採取選擇性思考，有些甚至是很聰明的人，讀許多書可總跳過最重要的不看，真相擺眼前還是看不見了。為什麼？這事我總不能理解。」

當趙見生說起選擇性思考的時候，原先只盯著看他說話的薈，突然頻繁地朝我這邊瞄了一眼又一眼。我覺得她很奇怪，難道她覺得趙見生說的那類人包含了我嗎？

好在薈那種奇怪舉動沒持續太久。她望著趙見生，提出她的看法：「信仰是觀念的基礎。不過，有時候，人是先被觀念打動，才進一步接受信仰。比如這種相信自己受某全能之神眷顧，所以發生的一切是為自己好的觀念。我第一次知道這觀念時，受了好大的觸動。現在倒是體會，一個抱持此觀念的人，無論遭遇怎麼慘的事甚或被奴役，在精神上，他都不會被擊倒。一位弱者能因信服了這個觀念瞬間變為強者。

「不過，另一方面，這觀念也伴隨不少問題。一是，這觀念發展到極端會不會反而遂了那些欺凌者，因為被欺凌的不會想再抵抗？另一問題是，人真能準確認識到這觀念的意涵嗎？我是說，人可能在內心混淆『對我好』與『滿足我的一切渴望』兩件事，結果就此鬆開了對自己的道德約束？再還有，當一件事發生了，人要怎麼分辨導致事情發生的是神還是內心的恐懼？這麼一想就會覺得，這觀念不是真理，而是人一廂情願的猜想。」

趙見生舉起一根手指搖了搖，使我一時想起湯瑪斯．曼的《魔山》裡一位人物。

在《魔山》裡，德國年輕人漢斯上山探訪住療養院的表兄，卻被醫生留下來，做一項又一項的檢查。滯留時，漢斯遇到儀態尊貴、詞藻優雅的人文主義者塞登布里尼（Settembrini），也遇到似乎受過羅馬教會培養、身分可疑的那夫塔（Naphta）。兩人經常在漢斯面前辯戰。我還記得，從開始我就比較喜歡塞登布里尼，不只因他說話富理想性，還因他性格是溫暖又直率的；而我討厭那夫塔則不為什麼，只為他身材細小卻有個醒目鷹鉤鼻同時還說話尖刻，讀著讓我渾身不舒服而已。雖然如此，讀起故事時，卻每每是那夫塔說的話使我這麼想：真是一語道出真相！

我覺得趙見生此時的模樣，真像熱愛演說的人文主義者塞登布里尼。沒想到，趙見生當真就接著引述起《魔山》，引述的卻是尖刻那夫塔所說的話。

「對宗教來說，真理沒那麼重要。湯瑪斯．曼在《魔山》裡不是透過那夫塔講了：宗教的核心是救贖，除此之外都不重要？至於哪種救贖，是可談很久的話題了。希望疾病好起來？保平安？獲得最後勝利？宗教是顧不上好奇心的。被救贖的需要更迫切。能令人得救的就是真理。這就可以解釋，為什麼聰明人卻會選擇性思考了。不錯，我回答了自己的問題。接下來就請各位自行代換我剛剛說的『宗教』一詞吧。」

薈說：「你是說用『意識形態』代換『宗教』？可是，若要意識形態提供人救贖，卻會面臨到一個現實，就是任何意識形態都是由一些內涵不明、或內涵雖明卻被置換過好多次的詞彙所構成的。暫且不論詞彙是否受各種勢力爭奪、操控，光是，人有用標籤去認知的習慣而標籤本質正是詞彙的這件事，就知道，當人們將某詞彙作為標籤貼向某人某事時，詞彙的定義會隨新的被貼對象不同於舊的被貼對象，而相應幅度地改變了內涵。詞彙定義反映出使用者們當下的心靈世界。當某個人想藉由意識形態來獲得救贖，到頭來，會不會只是吸收到自身與群體流動的心靈鏡像？這樣子，真能得到救贖？」

趙見生的臉龐亮起來說：「想由詞彙得救贖的，就是想得到止痛劑嘛。沒錯，是止痛劑。《魔山》裡不是有這樣一段：塞登布里尼相信人能得到超越權威的客觀真理，那夫塔卻認定不可能，說人能得到的真理必定是與人共存的，因而不可能超越人，也就是說人本身是權威，所以人世不會有所謂超越權威的真理存在。我看這湯瑪斯．曼雖不是他自己筆下的那夫塔，因為他還對人抱著些希望，不過，他能寫出這點，我只能說是，睿智啊。」

突然，趙見生轉向薈，銳利地注視她說：「話說回來，妳這種思維模式會讓妳陷入動彈不得的窘境，知道的吧？人哪，必須得行動。」

這時，高顯達又發出如塑料布相互摩擦的聲音笑起來了。我們全驚奇地看向他。

「說得好，老兄！」高顯達高聲說，「我如果像你一樣幸運，也會有同樣的想法啦。可惜我沒那麼幸運。我只是園區裡的一位奴工。什麼宗教啦、哲學啦，都離我好遠。我看，無神論、或者哲學無用論還比較適合我啊。」

薈睜大眼睛望著高顯達，半晌後才問：「在園區工作讓你很痛苦？難道有人拿槍強迫你待著？事實上，你是自由的，想離開就可以離開，不是嗎？」

我沒預料薈會這麼說。薈對高顯達說的話在我聽來就像是對我說的。我心裡很受傷，想著：不是這樣，妳根本不懂，不只是這樣。

高顯達則反駁得破了嗓：「離開，去哪裡？我告訴妳，都一樣。可是錢，錢還會比我現在賺的少。不出這個島，哪裡都一樣。」

那兩人不再作聲。話題無法繼續，沒多久後，晚餐也草草地結束了。

五、姊妹

晚餐後，薈說要先去飯店幫趙見生安頓，隨後回我那兒，我遂獨自回到租處，等她。我等了一夜，不知不覺睡去，當我再度被開門聲驚醒時，天已現白。

我把張開的眼閉回去，用耳朵聆聽跟男人待到早上才回來的薈。薈關門，在桌上放下備份鑰匙，走來走去，最後走進浴室。由於我還介意薈前晚對我說的話語，也由於我與薈本來難得相處她卻跑去約會，所以當我察覺到薈做什麼都躡手躡腳的時候，反而更生氣了。我等薈關上浴室的門，然後才起身，粗率地整裝，出門去公司。

陰雨綿綿一整天。辦公室裡所有人無精打采的，時間緩慢地走過。好不容易，下班了。我步出公司大樓，將傘卡在右肩，沿著日復一日的路線垂頭喪氣地踱回租處。

一開門立刻聞到香氣四溢。我由門邊望進套房裡，平常空空如也的桌子此時擺滿了食物，而薈站在桌邊，對我展示甜美的微笑。

我們並排坐下，吃薈買來的食物。薈似乎欲言又止，我假裝什麼也沒察覺。

薈終於開口，話是沒頭沒尾的：「姊……那個，那個高什麼的，他是妳的窗嗎？」

「窗？」我當然知道薈這麼問是因為她那套「女人需男人作窗或門」的理論，但我仍這麼反問。

「媽好像很不喜歡他喔。」薈只這麼說。

我有點惱，就簡短回答：「我去年跟他分手了。」

薈凝視我一會兒，沒說話。

我問她：「幹嘛？」

「沒有。我只是在想，既然分手了，昨天妳為什麼還找他跟我們一起吃飯？

分手後，你們常約見嗎？」

「只是朋友的約見。他需要有人聽他說話，我有時候也需要人幫忙。」

「也就是說，妳分手後，一直沒跟其他男生交往吧？」

我更煩躁了，說：「妳自己又如何？別說我多少次幫妳瞞著爸媽，結果那些男生到哪裡去了；就說這次，一個喪禮就來了兩個，妳到底在想什麼？不喜歡的為什麼讓他知道爸過世？喜歡的為什麼不專心一點？非得搞這麼複雜嗎？」我說完自己就後悔了。

薈轉開臉，沒出聲。當她再轉回來時，整張臉被陰影罩著，眼神沒有深度：「妳很了解我的事嗎？妳認為我是用欺騙的手段得到想要的所以很糟糕對吧？妳認為爸是因為娶了媽之後人生才變黑暗的對吧？妳厭惡欺騙的行為，可是，妳真知道自己在厭惡什麼？妳想過為什麼古希臘人描述宙斯得靠他母親用石頭欺騙他父親才活了下來？還有居魯士，他可是用妳厭惡的作法才開創霸業。在那些時候，大家稱這類作法是什麼？他們稱為機智！

「我不需接受妳來定義媽或者我的人格高低。妳知道媽很怕妳嗎？事實上，妳對媽那樣想，正是為什麼妳寫不好那篇〈三重奏〉。當時妳要我幫妳看看作品，我看完後告訴你，妳開頭就把故事說完了，後面寫幾千字說的還是一樣，等於沒有轉折，不是一篇好的故事。我也建議妳別管這篇，再寫一篇，妳還記得吧。結果呢？我再也沒收到妳的作品。我猜妳一直無法改好〈三重奏〉，於是放棄寫作了對吧？這樣看來，當初應該跟妳說明白的。這篇故事雖有虛構的成分，但妳寫的就是妳自認與媽的母女關係吧，於是在故事開頭，母親是加害者，女兒是受害者，到了結尾，母親還是加害者，女兒還是受害者。姊，我自己是創作者，所以清楚創作者常常對作品投射自己的主觀情緒，但妳到底投射哪些主觀情緒在〈三重奏〉裡，妳對此有清醒的認識嗎？」

我瞪著她，覺得眼睛與眼眶周圍都刺痛得彷彿要碎掉。

但薈還沒說完：「妳得等到真正不受制於媽的時候，才能寫出好故事。妳懂嗎？」

我站起來，薈也站起來。我收拾，薈也跟著我收拾。接著我進浴室梳洗，薈則望著我關上浴室的門。我避著、提防著薈，但她什麼也沒再說了。

我們上床睡覺。

在床上，我感到身旁的薈侷促不安。窗外，一輛車突然響起尖銳的警報聲。我們默默地聽，直到它戛然而止。

「姊，」薈喚我，「妳睡了嗎？」

「還沒。」

「妳記得以前跟我玩電臺遊戲的事嗎？妳當主持人訪問我這個來賓……」

「……」

「妳都叫我假扮成明星，要我回答一些莫名其妙的問題。」

我不覺地笑起來：「妳還記得？對啊，妳那時候好可憐，剛會講話就被我擺布。不過，那很好玩對吧？」

薈說：「是很好玩。我們那時候錄的錄音帶，妳是不是丟了？」

「唔。」

「有次大掃除，我看妳擺在門口準備要丟，就把它們全撿回來了。錄音帶後來跟我一同去了美國。」

「真的？難怪我後來不想丟了卻找不到。下次妳帶回來，我們一起聽。」

「……還有上學遊戲。妳不是製作課本，叫我寫作業，還說寫完作業就有獎牌？我還記得那些獎牌。是妳自己做的吧？」

「對！那些獎牌是我的利器。」

「妳還帶我跳舞。記得那兩件花童禮服嗎？」

我陷入回憶，說：「我記得。妳的是紗裙，我的是長禮服。不知媽在哪裡買的，我只記得她說是二手的所以很便宜。那時候，我們每晚都換上花童禮服跳舞。」

我與薈小心翼翼地站進禮服。媽幫我們拉上拉鍊。美麗的公主！我們衝向鏡子，發亮的四片新芽眼睛，優美的珍珠白舞身。跳舞！音樂響起。我們高舉雙手，躍過椅子，跳上床，衝向衣櫃。我們是兩隻輕盈的蝴蝶公主……

薈說：「我那時候還很喜歡玩洋娃娃，總是想買更多。但是媽對我說，姊像我一樣大的時候都不玩那種。媽說妳只有一個洋娃娃。」

是個棕髮的洋娃娃，我從來都不喜歡。當時在百貨公司裡我想要的是一個金髮娃娃。

我說：「我小時候還是很喜歡娃娃的。只不過爸覺得我們玩娃娃太女孩子氣了。」

我第一次到百貨公司，周圍一切都亮晶晶的，我好快樂。爸說讓我自己選，於是我踮腳，由高高架子拿下來一個金髮穿粉紅色蓬裙的娃娃。但我馬上意識到自己做了件罪惡的事，因為爸已沉下臉，痛心地望著我了。爸四下搜尋，從角落拿起另一個娃娃來。是一個棕髮、穿薔薇色吊帶褲的娃娃。我難過地哭起來，一面聽著爸說：「明儀，這個才好。妳剛剛那個不好。那是商人在物化女性！妳要知道，女生不是只能那樣打扮的。」

爸一直對我有很高的期許。

「啊，我小時候和爸不親，他都在煩惱妳的事吧。」薈說。

煩惱我的事？

我與薈陷入沉默。

突然，薈出聲問：「姊，爸那時候是不是很不快樂？」

爸那時候的確很不快樂。我不會忘記，薈還沒出生時，爸帶我去看過幾次電影。有次，播映前全電影院的人都照規矩起立唱國歌了，爸卻不肯由座位上站起，一直憂鬱地瞪著螢幕，把我嚇死了。我擔心爸被警察抓走，苦苦哀求他站起來，可他反而更加執拗，翹起二郎腿對我說他不唱黨歌……

我也不會忘記，唯一一次爸的朋友們來家裡晚餐，像我與幼兒園小朋友們在一起時一樣高聲談話，到了半夜，我卻被驚醒，走出房，見到媽跪在廁所門口輕拍爸的背，爸趴在地上，頭伸進廁所，邊吐邊發出呃呃呃的痛苦聲音……

我還不會忘記，有次，我們回鄉下爸的三合院老家，媽抱著薈帶我站在晒穀場上與叔公、叔公婆聊天，叔公說等會兒帶我們去看雞看豬，那時，我卻瞥見爸站在通向正廳的矮臺階前，圓眼比任何時候更突出了，試圖拔除一簇由臺階縫冒出的高高的雜草。爸弓起上身，咬牙切齒地徒手在扯那簇比他還高的草，那草卻頑固地扎在地上不為所動。爸一再使力，卻彷彿不是他在拔草，而是草莖把爸緊緊纏住，爸只能奮力地掙扎，卻沒有用……

薈一個翻身，面向我繼續說：「我小時候對爸的印象就是他總在與媽吵架。

我很多朋友對父母的印象也是這樣，不斷地吵架。有些後來就變單親了。爸與媽婚姻能維持到最後，對我們來說，到底是幸還是不幸呢，姊？」

我說：「不會知道了。」

那時薈三歲，我八歲。我們在房裡聽到那兩人發出嚇人的聲音，立刻跑到客廳。媽蜷曲在沙發上，臉又濕又紅，爸立於門口，正把腳套進一隻鞋裡。我用力推一把薈悄聲說：「哭！快點哭！爸爸要不見了。」薈臉一皺，小小身軀立刻發出響亮的哭聲。爸停下動作，粗粗地嘆一口氣。空氣滯悶，本來要走的開始舉棋不定。卻就在那時，媽倏地起身，對爸厲聲說：「你不用走，我走，既然你這麼恨我。」

我感到一陣溫風噗的過去，砰一聲，媽不見了。我追上，開門探頭進樓梯間。我對爸吼道：「你快去追，你快去追！」爸卻脫掉鞋，往沙發一倒，閉上雙眼。我和薈傷心地哭了。

終於，爸睜開眼，穿鞋，走了出去。我與薈緊緊跟隨在後。

在低低的灰色天空下方我找到媽的背影，像一小段毛線，隨風吹向巷子的尾端。那小段毛線忽然消失在樓房後方，不見了，於是整條巷子暗下，世界沒了生息。我與薈絕望地大哭，爸則起步跑。他跑啊，跑啊，然後消失在同樣的樓房後方。我與薈手握手，焦慮地等待。不知過了多久，那兩人才再度出現在我們面前。我們跑過去，一人一邊緊握住他們的手。但我們就算回到家也仍舊提防著。得一直等到天色暗下，那兩人同往常一樣，一個忙碌地準備晚餐，另一個懶懶地坐在沙發上時，我們才像什麼也沒發生，玩起平常玩的遊戲。

「姊，」薈喚我，「小時候妳總是陪我玩。為什麼有一天妳突然不理我了？」

我沒答腔。這問題不好回答。

見我沒回答，薈似乎也覺得尷尬。她換了聲調說起別的話題。

「爸的日記……」薈說，「唔，妳擺在桌上，我就翻了一下。我在想，爸從小沒寫日記的習慣，怎麼到三十幾歲突然開始想寫呢？應該是想記錄在民主運動見到的事吧。但為什麼勤奮地寫了五年以後，他又突然停下，再也不記任何事情？許多事仍在發生啊。爸又不是懶惰的人。」

「我不知道。」我坦白地回答薈。

薈的問題我沒想過，但我知道薈想事情很細密，有時太細密了，所以我不訝異她會提這種問題。只是，這並不是說，我就得為她的問題傷神啊……

六、夢的時代

我翻開爸的日記本彷彿就去到那時代，去到反抗者們身旁。淳樸的人兒啊，他們用身體衝撞、改寫命運，而爸是他們的一分子哪。

薈離開以後，我終於可以靜下心讀爸的日記。我一則一則地讀，考慮是否出版，兩週後我把貼滿記號的日記本送到出版社。學姊拿著日記，叫兩位年輕編輯進辦公室交代一番，最後向我露出苦幹又堅決的神情說：「哎，有時候人就得賭賭看，總不能一天到晚只抱怨新世代空虛，卻什麼也不做吧。」

就這樣，封面白底綠水、書名墨色字樣的《夢時代：姚文中日記選集》出版了。出版當天，我向公司請假以查訪書的銷售情況。我來到大學旁的書店，一進門，就見書檯上方正有一疊白底綠水兀自在發熱發亮！我走近，心裡忐忑不安。突然，眼前有隻手伸過來了，卻略過白底綠水，拿走我右邊的一本書。突然，有隻手由對面伸過來了，還是略過白底綠水，拿走我下邊的一本書。我瞪視周圍占上風的對手書籍，過些時候才想到要模仿人家也拿起來翻閱。翻閱時一些念頭閃過我腦中：沒想到流行這種，書皮漂亮可是內容很無聊吧，該不會是我已經不了解世界而世界也不了解我了。那天，我又去了其他家書店，站在不同的書檯前無法克制地重複這種充滿敵意的行為，直到書店打烊時才停了下來。

新書發表會很快就確定在一六八大樓裡的書店舉辦。然而，我與演講人卻為了其在發表會上朗讀哪些段落而發生衝突。演講人是出版社邀來的一位年輕教授，也是以自製影片走紅於政治評論領域的新興人物。他自信地堅持是他選的九篇，而不是我選的十五篇，恰能表現爸的魅力。最終，我讓步了。我不再反對發表會的排程和內容，改以學習的心，讀了又讀演講人選的九篇紀事。

演講人似乎很重視爸開始寫日記的那一年。他選的第一篇紀事，正是當時三十六歲的爸在日記本寫下的第一則紀事。爸的字不算好看，但每行字排列得近乎筆直，所以整體看上去還是令人感到舒暢。

四月五日

在美兒公園聽黨外演講。我與鄭醫師已經提早出發了，但小公園還是擠得滿滿，只剩後面的位置。終於，許淳一先生現身臺上。他甫出獄，很瘦很高卻神色放光。全場好像被強烈電流貫穿了，每個人都激動的聽許先生講小時候看到的事。軍隊跨海而來，渴望祖國的人列隊歡迎，但那些人等來的是什麼？當時許先生還是小學生，見到馬路邊全放滿狗籠，裡頭關的是地方上的醫生、律師、紳士，也見整條地下道積滿血水，淹到腳掌都看不見。我想起阿爹。小時候阿爹一聽政治就莫名恐懼，也不准我們長大後誰去碰政治。現在想，他當時面對的是什麼樣的恐怖！

許先生在城裡長大，見過誰也不敢說的事，而我雖生在鄉下，沒見到他說的，但我完全能理解，因爲在鄉下一樣有很多不公不義。而且，我高中就到城市來。那些威脅利誘，還有獨裁統治下的精神壓力，我都經歷過。所謂「每個人心中有一個小警總」就是那麼回事。

活動結束後，我對鄭說出我的想法。但他憐憫地看我，好像比我懂得還多，殊不知我已知去哪裡買書，對他每次曖昧提的「那場大屠殺」早已知道得很多。我對鄭舉出各種細節，他才用另一種眼光瞧我。最後，我對他說，民主一定會來，因爲獨裁只能用謊言統治人民，但現在謊言不能再維繫了，看他們在國際壓力下迫不得已釋放許先生並宣布家族不再執政就可瞧出端倪吧。我說完後，鄭卻沉默不語。我想，他是生性比較悲觀。

五月十七日

民主自由雖是不可抵擋之勢，但各種機關仍在設法矇蔽，因爲他們是統治者的手腳，目的是要人民永遠被他們統治。

前幾天發生了令我震驚的事：問明儀她的暑假作業，她竟以敬語稱呼那獨裁者！她年紀還小，情感都是眞誠的，卻被學校用謊言洗腦成那樣！看來我只能自己教育孩子。我要給她們眞實的知識，不要像我們一樣，只能靠自己摸索，因爲錯誤的自我貶低導致了錯誤的人生決定。總之，我盡量心平氣和地告訴明儀眞相。她聽完後，問我，那誰誰誰是不是也不好？我老實地告訴她我不清楚，但那個人應該沒有他們宣傳得那樣好。她似乎聽懂了，陷入沉思。

五月三十日

鄭醫師與我談了一夜。

其實他不用繞來繞去，直接切入主題就好。可見他還是不夠了解我，不知道對我而言，錢只有被美好的使用時才有價值，而追求尊嚴與自由就是美好的使用。

八月十一日

今晚帶淑娟與孩子們去聽演講。演講者一針見血道出我們苦難的源頭。他說：我們一百年來被外來政權統治，那些人從未把這裡當自己的家。他說得實在太好了。

原本擔心孩子們聽不懂會無聊，或者晚餐吃太飽會想睡覺，但我的擔心是多餘的，孩子們一直跟大人聽到演講結束。當然謙薈畢竟年紀還小，演講期間曾吵著要回家。好在明儀有辦法讓她產生興趣，最後，她不只願意留下來，還聽得入迷呢。

夜深時，所有人一同唱起歌來。淑娟與孩子們都哭了，我也背著她們擦眼淚。我對自己說，邪不勝正，正義終將到來，正義如何能不來呢？

今天最可惜的是孩子們沒能聽到許先生演講。他臨時被拉去替W黨助選。W黨成立以來，越來越成氣候。有人對我說，許先生入獄時沒像其他同伴被刑求得很慘，所以圈子裡傳著關於他的耳語。我對這種事感到難過。爲什麼人如此不信任別人？難道他們不知道，人最寶貴的不是生命，而是人與人之間的信任，且相較於別人對自己信任，最寶貴的，是自己對別人的信任？人活著，如果無法信任別人，那就等於失去希望了。沒有希望地活，難道不等於死亡？我總覺得，宗教是人類自己發明的。但現在我覺得宗教仍有可取之處。或許人類就是因過度鬥爭才產生神愛世人這觀念的。也就是說，當鬥爭使人失去對其他人類的信任時，爲了還能繼續給出信任，爲了帶希望地活，人才在心中產生那種神的定義吧。

閱讀爸的紀事，使我想起多年前的時光。我想起已長得跟爸一樣高的我卻害怕與爸獨處。然後，一個落毛毛雨的夜晚，我擠在演講臺下方散發汗氣的人群裡，悄悄地轉頭。我見到月光映照出爸的臉，好溫柔，好溫柔，有血有肉，是我能認識、能親近的爸爸……。可以說，我是在那些夜間演講會以後，才真正靠近了我的爸爸。

而當時的爸與媽呢？我以為他們總在爭吵。但演講人挑出的其中一篇紀事卻描繪出與我記憶中有些不同的爸與媽。這時的爸，已寫日記兩年了：

選舉結果出來了，了不起的一刻。淑娟由冰箱拿出一塊蛋糕，說要慶祝，原來她昨晚下班回家時就已經買好蛋糕！看來她雖不常發表意見，卻比我還樂觀呢。我與淑娟吃光那塊蛋糕，十分美味！兩個孩子已體力不支睡著了，但我等不及要告訴孩子們選舉結果。她們會有什麼反應呢？老實說，我眞沒料到。雖然還言之過早，但正義似乎比我預想的更快到來。

接著，作為第六篇，演講人選了爸談論偶像羅素的紀事。他沒選我覺得爸探討得很深入的其他幾篇，而獨獨選了爸回顧青年時期的這篇：

把羅素的書交給明儀以後，看著空書架不慣，便買回同幾本書，剛好再重新閱讀一遍，也想起一些高中的事。高中眞正奠定我往後的人生！那是：由偏鄉到大都市、因口音被歧視、全校數學競賽得第一奠定地位、第一次去健身房。不過，回想起來，這些全部都不及我聽聞羅素以及閱讀他的書來得重要。他的書使我確定自己是誰。此後我知道，有位靈魂崇高的人也同我一樣用自己的理性和邏輯能力去辨別世間一切，而我就算身體不自由了，什麼都被強占了，卻永遠有著與生俱來的思維能力，任誰也無法拿走我身爲人的光榮與高貴。

當然，這是我高中乃至大學的想法，是在極端貧瘠與壓抑下的指引。現在，人生已使我領悟到一切比原先想得複雜多了。光有思維還不夠。如果不能起而抗暴，人就消除不了恐懼，心懷恐懼，人就感受不到光榮，也就無法高貴。或者，人其實可以？至少目前我還做不到。但羅素的書仍是羅素的書。我喜愛親近它們，我喜愛同羅素先生對話。

這篇以後，其餘被演講人選出的紀事全寫於此地民主運動節節勝利的時期裡了。它們透露出開朗又活潑的心情，使人感受到一種不斷上升的動態能量。我因此體會到演講人的用心；他想藉發表會最後的朗讀環節，使活動在持續高升的力道中結束，也使聽眾無論原本是什麼狀態，離開演講時心中都會充滿著朝氣。

三月二十六日

這是一個被謊言統治的地方。像我這種人在這裡當然會被打壓。實在無法想像我們被謊言統治浪費了多少人生。

十二月十三日

帶淑娟與孩子們去民主運動晚會。這是他們第一次聽許先生演講。現在的場地與之前不一樣了。爲了因應巨量的民眾，活動已換到較大的廣場舉行。空間變大，臺下卻依然爆滿，所有人盯著巨幅螢幕看許先生的臉。在黑暗中誰也看不清誰卻很歡欣。人們微笑地互打招呼，偶爾朝彼此喊「民主萬歲」。會場周邊全塞滿試圖入場的車子，人們自覺地維持秩序，四處響著輕快的喇叭聲。

明儀說，大家好像是來看世界盃足球賽！我不怪她。她還小，尚未像我與李淑娟經歷過不公不義，才會想出這種不倫不類的比喻。

話說回來，才短短幾年，整個社會的光景已截然不同。這代表民主運動在多大程度上已改變內涵？我不清楚。但我相信改變只是過程。這場運動終將帶大家到達美好的彼岸。

寫到這裡，我突然想起羅素在政治上不贊同突然的改變。他認爲投身其中的，若失敗便成爲烈士，若成功，往往會因失望而變得憤世嫉俗。

話雖如此，我不認爲我們進行的努力是羅素指的突然改變。雖然前頭也是靠許多不畏死亡的反抗人士才使苦難被國際知道，但我們終究是：和平地獲得民主。這是關鍵。我爲我們所有人感到自豪。

一月十五日

大選又是漂亮的勝利。這幾天走到哪裡，哪裡都在談論政治，到處充滿希望！我估計有超過百分之五十的人在歡騰。回想四年前，當我還在考慮要不要參與其中時，哪能想到今天一切這樣突飛猛進？當時我煩惱得輾轉難眠，好幾個禮拜後才認清，我這個人只能順應本性，除此之外，沒有選擇。

總之，現在一切充滿希望。

新書發表會這天，我提前三小時就抵達現場。但薈比我還早，我到時，她已站在還沒布置的會場中一臉乖巧地聽書店人員交代事情。那位穿店服、剪小平頭的女孩原本愉悅又投入地朝薈說話，瞥見第三人來時，馬上收起笑容，轉成平板的聲調，還陡然加快了說話的速度。薈見我，向我重述書店的要求。那平頭女生默不作聲地盯著薈，在薈朝她進行確認時，露出一個害羞的微笑。薈無論對男生還是女生都一致有效的奇異魅力，真讓我折服。

工作人員離開後，我與薈立刻忙碌起來。書店已清走平日賣日本食品的臨時櫃位，我們遂在不算大的空間裡擺上一把把椅子，並置放一張長桌。面向長桌，我拿出金棕色的桌巾鋪好，薈協助我在上頭放置一本本《夢時代》新書。

時間還沒到，我與薈遂坐下來，在靜默中各自滑手機等待。

突然，薈像忍不住了，用一種想壓迫人的聲調問：「姊，你們為什麼要篩選爸的日記？那令我想到祕密檔案，爸又不是那種——」

我等著聽她講那種什麼，但一直沒等到，我遂回答：「沒那麼嚴重吧。只是篩去跟家庭隱私有關的紀錄。」

可是薈不同意：「我讀完你們出版的書了，得到的印象，跟我第一次讀完爸日記本的印象很不一樣。」

「是嗎？」

「妳不這麼覺得？」

「我不這麼覺得。我每次讀都很仔細，從不這麼覺得。」

「或許妳不該在興頭上一下子讀很多遍……」

我瞪著薈，不說話。

演講人在開場前五分鐘現身。他身著引人注目的棕色皮外套與白褲，到場時首先做的是環視四方。之後他看向我，瘦削雙頰現出無數刻痕地笑著問，是不是宣傳不夠啊，來的人怎麼沒坐滿呢。我正要回答，他卻又說，就算他的粉絲不愛出門無論來不來都會買書，然而這樣照相總是不好看吧。我心想再等一等人就來了，演講人卻窺見我的想法，直接表明他後面還有行程，延後開始是不可能的，至多也只能延五分鐘開始。

我與薈行動起來。我撥手機找人，薈跑下樓拜託書店擺出更多活動告示。先前那位剪平頭的書店人員也走來了，她拿著對講機，指揮同事們調暗燈光。

那演講人態度雖傲慢，拿起麥克風卻令人驚豔。他以渾厚的男低音講述區區幾十年前發生，如今徒引人遐思的那些事：邪惡黨國、軍隊、M黨統治者、年輕人、年輕肉體、血、愛情、青春、死。在當中，為了助大家跨越時間回到姚文中的時代，他免不了要提一下他自己甫出版的新書：「這本書，跟大家報告，已經登上暢銷排行榜了。」而當全場沉醉其中，如夢一般的時候，他就將姚文中的九篇紀事朗讀了出來。富感情的男低音繚繞在挑高而涼爽的空間中，成為無數條美麗弧線，潛進一顆顆熱燙的心裡。我靠牆站著，靜靜地聽爸的心在對我訴說，沒理會臉上兩三道熱熱的然後涼涼的什麼。

掌聲熱烈響起，燈亮。這時，我才發現發表會不知何時已擠滿人，這會兒全為了與主講合照而推擠著彼此。我鑽過人群，來到放書的長桌邊。桌上兩疊書已成兩座比薩斜塔了，彷彿不久後就會在巨響中崩塌。我把書靠攏，守在一旁。有人叫我的名字。我轉頭，眼前是許淳一高大的身影。我心中油然生出一股親切之情。

「許先生，送您一本書吧。」我轉身拿書。

「別這麼客氣，書一出版我就買了。」許先生笑咪咪地阻止我。

「您覺得講座還可以嗎？」我問。

「嗯，蘇教授的口才很好。」許先生回答，「雖然他講得過度簡化了，不過，當成一種觀點來想也還很好。」

我不確定這是讚美還是批評，忍不住再問：「您覺得，我們有成功地讓觀眾了解您們當時的經歷嗎？」

許先生沉默著。

我注視眼前的老人。老人下巴方正，兩顎闊又飽滿，這些都與我多年前在書裡看到的照片一樣。然而老人那雙眼，那雙眼睛卻不同了。一對上眼皮幾乎蓋到下眼瞼，往裡瞧卻沒有黑眼珠或眼白，而只有闇黑，與他的下巴和兩顎都不協調的闇黑。

我記起薈第一次見到老人時就說他痛苦。我默默地朝前探測，想查明這闇黑蘊含何種痛苦，然而，我的想像力竟像洩掉的皮球一樣，哪裡也前進不了。

「要由一場演講真正了解發生的事——整件事——本來就很困難。」許先生淡淡地說，「以為聽演講或讀任何書可以了解當時發生的事，就根本不可能了解當時發生的事。」

「您的意思是？」我不想假裝聽懂許先生說的話。

「人與歷史的關係是，人傾向要切割事物，但很多時候，事物沒有終結點，只是交替著出現不同的面貌而已。如果我有什麼期待的話，那是除了介紹書，能不能也使人產生這種認識。」

我知道許先生不是在講「人性總一樣」的通論，其他的無法確定。我默默不語。

人聲喧譁起來。我們望向場中，年輕人團團圍住了演講人，不知在興奮什麼。

我突然意識到，燈亮起後，現場沒一個人注意到這位傳奇人物。可是離他當時沸沸騰騰地退黨，才不過幾個月哪。許先生似乎看穿我的心，安慰我說：「人來得很多啊，這樣就成功了。」

我卻不能罷休，很想讓老人快活起來。我卯足勁，以富朝氣的聲調問：「您接下來終於可享受人生了，打算要做什麼呢？」

許先生的臉瞬間暗下，但很快又恢復和藹，答：「是呀，可以享點清福。我已經老了，對我來說，什麼是享受人生，跟你們年輕人很不一樣啊。呵呵呵……」

主講人在一群年輕男女的簇擁中離去了。我與薈則陪許先生下樓，目送他上車。然後，我問薈為什麼覺得許先生痛苦。薈聳聳肩說她忘了。我朝薈好好地看了看，薈不知在為什麼事而心煩意亂。

天色已晚，我欲回園區，薈遂送我去車站。我們坐上計程車，有默契地待在各自的思緒裡，不打擾對方。我盯住老人的痛苦之謎，就像那種不解開世紀難題就無所適從的數學家一樣。

許先生畢生追求此地的民主。然而，在W黨費盡艱辛終於執政之時，他卻走出退隱生活，不顧自己創黨元老的名聲，也不顧仍在政壇活躍的昔日戰友，召來記者宣布自己退黨；這麼做的老人絕不是不懂此舉會傷害民主運動。難道，老人真像人們耳語的那樣，性格裡藏有對鎂光燈的渴求，而他的痛苦來自於此？我想起人們傳述老人與女人們的韻事，想起爸對我說過老人有英國太太：「啊，有些女生就容易被搞革命的男人吸引。」爸說完且露出一個不自然的笑容——我搖搖頭抖去這印象——總之，我無法認同那些耳語。

還是沒那麼複雜，老人的痛苦只是牢獄烙在靈魂上的印記？自然的，誰都不該希求任何像老人那樣經歷過不可說之事的人，身上不帶有一些印記。可是，我總覺得事情不只這樣。薈說過的話值得注意：「是別的什麼吧。」

我集中精神思考。

一段時間以後，我似乎能一點一點地分辨出來了。

老人想由什麼跳開卻壓抑住自己，處在這種狀態裡想必已有很長一段時間。十年？二十年？不，說不定在政治獄以前就開始了。只不過當時程度還輕微，老人還年輕，能無所謂地想由什麼跳開同時又壓抑住自己。但許多年過去了，他也老了。如果老人被剝去一層層覆蓋，此刻在我面前的他會是什麼模樣？我見到的會不會是一個濕答答又孤伶伶的小小老人……

一項突然生出的直覺震驚了我自己：難道老人作為此地人的先驅，並非在眾人以為的勇氣與智慧方面，卻是在精神困境方面？

我與薈買好票，往電扶梯走去。薈頻頻望向我，顯然想打破我們之間的沉默。

「姊，」站在月臺上薈說，「當時妳到底是用什麼條件篩選爸的日記？」她還在想這事。我感到臉脹脹熱熱的：「我不是說了？關係到家庭隱私的才篩掉。那些隱私對回顧歷史沒有幫助。」

薈望著空蕩蕩的鐵軌，過了一會兒後說：「有時候，家庭隱私也很重要，因為妳不知道爸的日記會給人什麼影響——妳也知道我在讀《羅馬帝國衰亡史》，對這些事變得很敏感了。」

原來是被男生影響，我越想越氣，月臺上人漸漸多了。

薈生硬地換話題：「姊，妳還記得政翰表哥嗎？剛剛發表會他有來哦。」

我大驚。政翰表哥是我小時候所有堂表哥姊裡最喜歡的，他怎麼也來了？我仍硬邦邦著一張臉，竭力輕描淡寫地說：「政翰表哥嗎？他怎麼沒來找我？」

薈答：「喔，他應該擠不到前面。他沒待到結束就走了，我上廁所時正好遇到他離開。」

我問：「他是代替慧娥姑姑來的嗎？」表哥的母親慧娥姑姑是爸的二姊，小時候每年夏天，我與薈都被送去慧娥姑姑在鄉下開的產科診所待一個月。那兒很熱鬧，因為其他住城市的親戚們也在同個時候把小孩送去。所有小孩都喜歡政翰表哥。

薈說：「沒多聊，不過我猜不是。慧娥姑姑一天到晚打來問書銷售的情況，搞得媽很怕接姑姑的電話，有發表會也沒告訴姑姑。表哥應該是由其他管道得知的。姊，媽很可憐哪。不只慧娥姑姑，其他人都打來問媽有關書的事情，以為這事由媽主導，可是妳什麼都不告訴她，她只能由我這裡知道些二手消息。」

我望著黑濛濛的鐵軌區，也望著人滑落不知會怎樣的銀灰色月臺邊緣，問薈：「書出版後，媽有看嗎？」

薈靜默了幾秒，說：「她好像不想看。她有她的原因吧。」

我心想她不看我才無所謂哩。

突然，薈全身都轉向我來，口吻強而有力的說：「其實，我覺得根本沒到時候出版爸的日記。我是說，妳知道爸為什麼日記寫了五年以後突然再也不寫了嗎？妳不知道，我也不知道。可是，不搞清楚這件事以前，怎麼能出版日記呢？

太貿然了。」

我瞪著薈，薈也回瞪我。然後，我自嘲起來：「其實原因可能很簡單，比方說爸是因為我才沒再寫日記？我有一段時間很難搞，他可能被我搞得情緒很差，才沒心思寫日記呢。」

薈愣了一下，然後表情嚴肅地望著我：「妳太托大了，妳有這個問題，知道嗎？」

我不理她。白色的高速電車正在進站。

七、熱賣姚文中

我幾乎要接受《夢時代》的未來不見光明了。一過中秋，書卻意外地在每家書店熱賣。高中學姊以人脈探知，書受親睞是因爲一群網路詩人引來了目光。竟有我不知悉的志同道合者！對這些可愛的人，我好好地研究了一番。

由社群的照片看來，這些詩人全是美少女。她們不像傳統詩人關心韻腳，卻力求在構圖、配色、影像對文字的關係上，達到一種詩的境界。她們彼此複誦密語般地說著座右銘：Poems與海豹，因為她們都懷著不用明講的共同情感，那就是她們真的好愛動物，而只有她們懂得以當代手法來傳達感情，使用起「海豹」一詞。

這樣就不難解釋，美少女詩人最初的作品風格為什麼皆可簡述為：女孩抱動物，影像。不過，那是在以前。自從一些上年紀的女人也學習到動物入鏡的好處，少女們便揚棄此風，以後，各憑著敏銳的嗅覺，到處在尋找更具潛力的主題了。一旦主題被她們當中的誰找到，即刻可見她們全體貢獻出創造力，務必要使主題蔚為風尚。

那麼，誰是第一個發現姚文中的人呢？答案已不可考。事實上，確切起源就是個謎。有可能是那位帳號 niniiiiiiiiii 後接三位數字的詩人，因為她似乎最早發表了自己抱本《夢時代》的照片。照片我看過的；詩人髻起的髮微亂，雙眼凝視斜下方，祖母綠連帽衫袖子拉起了，露出一隻白瓷手肘，肘下夾本白底綠水，照片下方有詩：無法解釋，你懂的。

相比於發文者平常可得的關注，這富含深意的詩在一開始等於什麼也沒收穫。就像泡泡飄到大海，瞬間就消失得無影無蹤。只是誰能料到，在三、四天的淡漠之後，白底綠水會全面地取代首飾與配件，出現在每一位美少女詩人的作品當中呢！

有位詩人於柔光中托著腮幫子，以水汪汪大眼凝視白底綠水，隨照片有詩，寫道：為愛而生！沒有愛，人生是不完美的。你的愛可以多偉大呢？

有位詩人拿白底綠水朗讀：「……那種神的定義」，拍攝鏡頭旋即拉近，證實詩人臉皮無瑕得如同一位嬰兒。

有位詩人特寫自己的手。纖美的手安放在白底綠水之上，光線使人猜到了地中海。詩引：終於知道，我就是愛哭的人，一直以為的幸福，原不是理所當然，所以，我哭了。

在嘗試認識這些美少女詩人的過程中，我就是在海邊、咖啡廳，在柔軟的地毯上，如同閨密、情敵，躺在或趴在這些也總前傾著或趴著的少女們前方。起先，我覺得驚奇，此外還有點不對勁。但我認定少女們是可愛的人，所以並未放棄。接著，驚奇變成牽掛，只要有一天沒見到白底綠水，我就感到不安。後來，對白底綠水的牽掛轉變成想像這位那位詩人是什麼性格，又過哪種生活的心理活動。這些由詩啟發的想像總是在變，並且前後矛盾。於是我挖掘細節，想找到永恆。然而我找到的只是更多變異不穩的印象。於是，我執著起來，繼續挖掘那些連詩人自己都不會注意到的細節。然而，想像之火就算燒得再旺，我卻總是得不到關於任何一位的恆定印象，倒是視力似乎穿越螢幕了；我開始能看到某粉絲用手機發送愛心時臉上的微妙表情，也能看到某詩人如何因不再收穫愛心而像神經症發病似地動個不停。

我那樣著迷於美少女詩人的世界，直到有一天，我驚覺已很久沒想起爸，才猛然抽身，好好地看了看自己，理解是找到志同道合者的快樂沖昏了我的頭。我重新將注意力轉回到爸，結果發現，情況又有新的變化。

在網路上，討論者們已將姚文中由美少女詩人的泡泡世界拿出，放到更多元更冒險的領域裡去。在新的、變化多端的語境裡，姚文中的形象也跟著多變。有時，他的眼是圓的，有時，他的眼是三角形的。有時，他的臉是陰暗深色的。有時，他的臉似乎就是太陽本身。姚文中形象分裂在各個層面，我想任誰燒了腦神經也很難將其黏合。然而，就如同一幅立體派的畫一樣，正是碎片，才啟動人們深層的想像。一件使我印象深刻的事是，討論者們都知道而我卻不知道，爸創業前曾被工作崗位的泛黨國人士打壓（我想起爸在老家奮力拔草的模樣）；一件給我許多活力的事是，討論者們找到爸年輕時的照片。我凝視那幾張珍貴照片，照片只囊括主角上半身，可以清楚看到主角有著氣派的濃眉大眼和強壯的寬闊肩膀。什麼立體派的啊原來只是表象，這才是真的，英姿煥發的姚文中！

在最熱鬧的時候，姚文中議題也受到傳統媒體的注意。一個電視節目透過出版社發我通告。我雖沒看過，但由名稱〈晚點深呼吸〉判斷，那應是知性類的節目，便答應了。我是一直等到錄影當天，見同室化妝的來賓們個個穿著豔麗，一問之下才知，這節目一般是討論兩性的話題。我問，所以是知性類的吧。一位來賓言語輕蔑地答：「很重要嗎？那種嚴肅的有什麼好啊？」我又吃驚又困惑。我、我代表的可是民主歷史哩，怎麼能上這種輕浮的節目？兩性議題我哪有什麼可聊！

然後，我想起來了。

《夢時代》在書店熱賣不久以後，有位陳姓教授出版回憶錄，主要是講他自己在科學領域的成就，但在一小段回憶裡，他也講到年輕時與姚文中的來往。據他說，他會出國走上科學研究的路，正是因看到好友姚文中認真在準備留學，才想自己也來試試。我搜尋美少女詩人的活動時，被網路推薦了此書，所以曾去書店裡翻過。

在書中，除了留學那段，陳教授還稍嫌混亂地憶述了他與爸的年輕歲月。他說當時他們一對對情侶分租一大間公寓，過著伊甸園似的生活，其中最夢幻的，卻不是陳教授自己，而是好友姚文中與其女友李淑娟。他說這個姚文中要出國留學，女友就拿薪水資助他補習英文。陳教授自己很崇拜朋友的，卻還是不解，那麼位豐華動人、一笑滿室生輝的女孩怎麼就看上這麼位憂鬱的矮個子姚文中呢。尤其這位先生還醋勁十足，有時李淑娟回來晚了，全公寓就得聽小倆口在房間大吵大鬧——寫到這裡，陳教授話鋒一轉，感嘆起命運的複雜難解，說是命運的安排使堅持出國的姚文中後來沒出成國，卻是懵懵懂懂的自己出國了呀。我在書店翻到這些內容時，心裡頭直想，所以現在誰都可以寫姚文中怎麼怎麼樣了啊，卻沒料到，它們竟會影響大眾……

總之，化妝室裡的豔麗來賓們後來都進入攝影棚，像訓練有素的小學生管絃樂團那樣，一位一位依序坐進由低漸高的座位。她們盯著舞台中央的主持人，等待張口的機會。而我，我沒有脫逃。我將雙腳藏於人家背後，坐進第二排，鎮定地望向主持人，偶爾也望向他身後那位戴厚厚眼鏡的歷史教授，與那位嗓音沙啞的星座老師。

攝影機動起來了。主持人熟練地提問然後點人發言：婚姻怎麼經營、夫妻怎麼相處、吵架怎麼和好啊？這邊一位講出驚人的個人經歷，那邊一位講了個伶俐的笑話。我想自己既然來了，對節目還是負有責任，於是學習那些還沒開口的來賓，發出一些適時的笑聲。這時，星座專家出聲了。她沒有爸的出生時間竟排好爸的星盤，依其所示，向眾人提出反例。主持人點我，我沒話可講，只能勉強說些通泛的意見。主持人卻不放過，問我，姚文中和李淑娟怎麼樣呢，畢竟他們的愛情故事大家都知道一點啊。愛情故事？我能說什麼，只好以更多通泛的話語搪塞。此時，談話忽然轉向。眾人像聊著手機程式的隱藏功能一樣，以積極又務實的聲調聊起了性。我心想不會吧，找我，我可什麼都說不出。主持人卻果然要我談談姚文中和李淑娟的過去。我的天，這不是在問我老鷹一天裡何時會發出呱呱呱的叫聲？可憐的爸得受這種侮辱。我要如何做，才能制止這一切？

我張口結舌地瞪著主持人，直到星座專家嗓音沙啞地對大家說可以來看看星盤，我才獲救。我卻沒因此開心。相反的，我責備自己沒法遏止人們繼續往爸潑灑他們自己的慾望之液。我且難過地發現，如果再發生同樣的事情，我仍會不知道怎麼辦的。

我只有蕾可以傾吐。

我回家，把情況對蕾說了。蕾心不在焉地聽。

她說：「姊，每次妳說起爸，總讓我覺得妳真的了解爸嗎？妳說的爸好像在頭後方發出一圈光暈，可又像一只人形看板。我想說的是，在真實世界沒人是那樣閃光暈的。妳覺得爸痛斥迷信比較優越。可是，爸一直是那樣子嗎？別忘了，幾年前是爸帶我們去找靈媒的呀。」

……當時爸還沒中風。蕾放假回來兩週，爸態度遮掩但又執拗地說他打算帶我們姊妹去見一個人。幾天後，我們全家就開車來到舊城區，進入一棟陰暗的公寓，推開一扇暗紅色鐵門。當時室內煙霧彌漫，許多人已在那兒，殷切地圍著一位披散銀髮、盤腿坐於沙發的老婦。我們走進人群，聽介紹人對誰高聲地說：「……所以說，大師一直在山裡，這次特別坐飛機來，機會寶貴，你要好好地把握啊。」

有人怯懦地應一聲。我望，是一位西裝質料好，臉面瘦削而乾癟的中年男子。他身邊跟著位表情剽悍的女助理。

所有人默默地望著老婦。老婦眼神如狼，嘴角帶一絲嘲諷，一口接一口的吸吐夾在指間那兩排共十根的香菸。老婦吐出的長長灰霧，繚繞在所有人的周圍。沒人膽敢咳嗽，時間一分一秒的過去。

突然，那位帶助理的西裝男子出聲了。他怯怯地說他還有想問的可不可以？沒人說可以，不過他照問了：「所以我照大師說的去做，就可以了嗎？那樣……真的夠嗎？我是說，能不能請大師再做個、做個什麼事哩？」

那獸與神巫合體的老婦放下菸，眼神極銳利地射向男子，態度鄙夷地由嘴裡吐出句話：「你，就是太愛做官。」男子噤聲，他的女助理垂下了眼。介紹人懇求老婦：「幫他一下嘛，幫他一下嘛。」老婦卻只慢條斯理地抽菸。眾人屏息等著，時間彷彿不動。突然，老婦雙眼越過眾人，望向前方，眼中似有閃光。介紹人馬上起立說：「好，好，好，大師願意幫你啦。」

輪到我們。我與薈依指示坐在老婦身旁，老婦轉身，雙眼骨碌碌地盯了我好一會兒，又骨碌碌地盯了薈好一會兒。她動動手指，有人奉菸，有人點火。一個灰甜甜圈出現在空中了。灰圈膨脹，上升，消失。又一個灰甜甜圈出現在空中了。灰圈膨脹，上升，散去。老婦朝身旁低語，我試圖聽但什麼也聽不見。隨後，介紹人起身，對爸宣布：「你小女兒會進不錯的研究所，你大女兒要嫁人啊我們可做些事幫忙。」這樣以後，老婦卻仍望著我，我也就望著她，心裡訝異老婦的一雙眼睛此刻竟有如泉水一般澄澈。老婦突然嘶啞地說話了：「這天上來的。可是要嫁人啊，可不能太乾淨。」一時間，介紹人打點好了。我站起來，讓人用紅布罩上頭，眾人則拿著一張張印有歌詞的粉紅色的紙，圍住我，一面繞，一面五音不全地唱起來……

「姊，」薈打斷我的回憶，繼續說，「我們對爸的印象總是理性思辨、科學思維。每回媽說什麼，爸就對她嗤之以鼻。可是，那位靈媒是爸打聽的。爸那樣不是很矛盾嗎？妳卻從來不質疑爸。妳甚至在爸都質疑起他自己的時候對他說——」

……走出那間煙霧瀰漫的公寓，爸拋下我們，一個人疾疾而行。我趕上他，卻驚訝地發現他不敢直視我的眼睛。「對不起，我沒想到剛剛會那樣。」他語氣難過地對我說……

薈說：「——妳對他說：『沒關係，你們只是擔心我。』對不對？」

我控制著情緒回答：「爸去見靈媒是因為他真的很擔心我。」

「是嗎？」薈反問，同時臉又像之前那樣蒙上層紗了，「那麼擔憂，他卻沒去思考，事情發展成這樣，真正原因是什麼。姊，妳把爸當成是人生失意的高智商人物，可是，高智商卻沒有幫他看出，也許不是他與媽的婚姻，而是他自己，使許多事只能這樣子發展！」

我不答話。

「總之，我想說的是，」薈繼續說，「沒有人的頭是閃光暈的。妳在電視錄影時受氣，恐怕是因為妳把爸想成與性絕緣的人了。姊，妳不能因為他是爸爸就把他想成無性之人啊。」

我想反問蒼，難道要把爸想成有性之人？不過我沒問。我不想講這件事了。並且她說到爸媽的婚姻和事情發展等等那些，都讓我又想起爸過世後媽卻過得更好的現實。討厭的現實。

我問蒼：「電視節目就算是兩性的，會找我，那至少說明《夢時代》已經紅了。媽也知道我替爸的書上節目。她有說什麼嗎？書都出版這麼久了，她到底有沒有讀過《夢時代》呢？」

蒼聳聳肩：「姊，媽忙死了。我幫妳問過她一次，可是一直沒機會深聊……那一次，媽倒是說姊姊把精力花在嫁掉自己會更好吧。」

無聊的答案。我把媽透過蒼傳來的話當作耳邊風，一下子就忘掉了。

八、玻璃屋事件

「媽倒是說姊把精力花在嫁掉自己會更好吧。」

薈傳來這句話，我當它是耳邊風。沒想到，話是有物理形貌的，且就在幾個月後出現於我面前，一位名叫王為樂的男子。不過，剛見到男子時我還沒產生這種理解，只當他是另一件較易處理的麻煩事，而將全副精神放在另一件我認為更緊急的事情上頭。

《夢時代》暢銷以後，麻煩事也接著到來。其中，這個「玻璃屋事件」最讓我頭痛。事的來龍去脈是這樣：一位在政壇碩果僅存的仍具政治犯資歷的人物，竟遭媒體報導說，他任公職期間，在海上蓋了棟華美的玻璃屋，不對外開放給大眾，卻專供某小模拍照與經營粉絲。媒體且放出一張照片，見過照片的人都說，仔細看可分辨出轎車的擋風玻璃後方有一男一女兩張人臉。雖說影像模糊，不過照片裡那男的胖垂垂的臉型，的確符合該名政治人物的特徵，於是，關於此人與小模的粉色臆測，便傳開來了。為這件事，大批記者堵到該名人物。該人物雖趕著開會，也只能就伸過來的麥克風群答：「就是請專業人士替地方景點做行銷嘛。不這樣怎麼提升地方經濟？行銷手法符合年輕人文化，有人卻因此大驚小怪，你們說我該怎麼辦呢？」然而，該人物的這個說法，除了被某政論節目拿去讓一名心理學家納為徵兆探討已婚男人的心理以外，並沒有受到廣泛報導。結果是，粉色臆測成了粉色事實，使各方人士都跳出來批評這位人物。由於在那些鬧哄哄的報導中，有一篇文章模糊指涉了該人物受過商界人士比如姚文中等人的資助，這部分內容又被原句抄進其他多篇報導裡，於是，在演算法的安排下，姚文中三字就與玻璃屋事件緊密地連繫在一起了。

我關注事件，可是我也意識到，自己雖處於一個人人可說上一兩句政治的時代，並深以父親對民主運動的貢獻為榮；實際上，卻早已因生活封閉而變得對政治漠不關心了。當然，那並不是說我放棄公民的權利；我還是有去投票。但國事這麼複雜，資訊這麼侷限，如果有人指控說我不是在投政見而在投我以為的好人，我想我是沒辦法提出反駁的。總之，我對玻璃屋事件的相關細節所知甚少，對爸是否資助過該名人物更無想法。這樣子對現狀無知無想的我，要怎麼將我的巨人由可厭的牽扯中分離出來呢？我不知道。同時，我也想到多年前曾在家中見過該名人物一面。或許，我之所以不知所措，也與那一面有關。

那是個週日。高中的我由長長的午覺醒來，在房裡就意識到家中來了客人。媽在房外喊我——我從沒聽過媽聲音那麼緊、那麼硬——要我快穿好衣服出去見客。我走出房，在客廳見到一張陌生的臉，那張臉只能這麼形容：一鍋水煮豆腐，豆腐煮得都膨脹了，而上頭漂了兩顆炯炯有神的眼睛。

薈不知是何時由午覺醒來的，已坐在大人們旁邊，嚴肅地朝我看來。我坐下，那人對我微微一笑，隨即繼續高談闊論。爸尊敬地聽，大聲地嘆氣，然後媽突然又趕我與薈回房。客人走了以後，我們四口圍著餐桌吃飯。媽這天飯菜全煮走味了，爸卻顯出我從未見過的抖擻精神。受到爸的感染，我不自覺地說起了俏皮話。爸與薈都大笑，媽卻仍板著臉孔不願說話。晚餐結束。像齣總是不肯下片的戲碼一般，由廚房傳來媽對爸的哭叫聲：「……已經跟你說多少次。說我騙你，我沒有……你不要這個家，好啊，不要算了……」哐啷一陣，鍋碗瓢盆全掉到了磁磚地上。對這些事已經習以為常的我與薈裝作什麼也沒聽見，繼續做自己的事情。

此刻面對玻璃屋事件，我反覆聚焦心中之眼，想看清楚記憶的殘影。我看著那人的微笑，笑是善意的吧？再仔細看，怎麼又像非善意的呢？我惱自己當時沒好好觀察。然而無論多年前我觀察到什麼，現在我卻必須要發表意見了。

我羞怯地在社交媒體上發表第一篇政治評論。這評論是要說服別人，其實也是想安撫自己的：

雖然我不贊成政治人物將私生活搞得太複雜，但難道因此就否定一個人一生對社會的貢獻？尤其那人還曾爲我們每個人的幸福冒過生命危險！另一方面，雖然我不清楚觀光專案的細節，但我認同在當今噪音龐雜的時代什麼都得創新，行銷手法尤其得創新，有時甚至得顯得不尋常。所以，旁觀又只知枝微末節的我們，眞能對政策做出正確的判斷嗎？

這篇意見很快就引來留言。留言中有的指媒體已揭露觀光方案細節，用點邏輯就可自行判斷。有的質問難道什麼都要用「創新不尋常」來敷衍嗎——此留言得到許多亂碼帳號的贊同。留言遂促使我發出第二篇意見：

歷史上，每當「創新又不尋常」的作法出現時，我們總看到這些作法引起爭議，有時甚至被認爲是愚蠢的，艾菲爾鐵塔就是個好例子。但現在畢竟已是進步的自由時代，我們身處其中，難道還把頭腦留在過去？我們這樣熱烈地討論一位政治人物的私生活，難道不該提醒自己，對社會眞正重要的是他的公共施政？

不知是否因這第二篇講得更有道理，還是因包含了艾菲爾鐵塔一詞，總之我的意見突然引來各式各樣留言，甚至出現：「眞開心發現這個討論群。來這裡討論的人都好有活力啊！」這類我覺得我該生氣卻不小心笑出來的留言。

在這樣的時候，有一天，我十分難得地接到媽的電話。她沒問我過得好嗎，卻一直繞啊繞地講慧娥姑姑去參加同學會的事情。她說姑姑參加女中六十週年同學會，遇到不少老同學，有個退休轉行做媒婆的，煩惱竟比退休前還多，原來，這媒婆老同學八個月前接到一樁特優的案子，說人在美國念博士，還沒念完已拿到科技公司的聘書，但老同學這邊卻遲遲找不到與之匹配的對象，所以非常煩惱的姑姑當場對老同學說起自己的姪女（也就是我）來，姑姑告訴老同學，想知道姪女的外表嘛，看姣好的姑姑就會得知（其實我們長得並不像），擔心女生在園區上班太忙扣分嘛，還是先問問男生，說不定年輕人會有年輕人的想法。

我大概聽懂媽為了什麼事情打來以後，清楚地傳達了自己的不耐。但媽不接受。她口氣粗硬地威脅：「姑姑好心介紹人來，妳如果對她說不，那會非常沒禮貌的。」

就這樣，我在一個週六由園區回到市區的家。到家時，已接近對方上門的時間。薈一副看熱鬧的神情，媽則穿上特殊時候才會穿的米色絲質洋裝，忙著在收拾這、收拾那的。半小時後，門鈴響起。媽拉開門，臉上堆滿笑。薈也擠到門口，像夏威夷女郎那樣搖晃兩三下她的迷你裙子。我由兩人間的縫隙見到來客是位白臉瘦高的男子。他手拎一箱蓮霧，在門框外猶疑著不願向前。

媽搶過紙箱，要客人快快進屋。客人照做了。他僵硬地坐上沙發，一手接過冒煙的熱茶，一手試圖叉盤裡滑溜的水果來吃。女主人微笑著，在笑容的掩護下，向客人發射出各式問題。漸漸地客人縮起脖子來了，眼看他的肩膀就要和額頭齊高。正當情況即將變得難以處理時，所有人適時地發現，王為樂在美國有位朋友薈也認識，而且還交情不錯。女主人驚呼：「哎呀，原來你們年輕人有共同的好朋友！」女主人且露出真正的笑容。看看時鐘，時間正好，女主人提醒女兒（也就是我）說：「為樂不是在餐廳訂了兩個位子？訂位只能等十分鐘，該帶為樂出門了吧。」

王為樂帶我到餐廳。坐下以後，他張望著找人，我則觀賞一面貼滿食物海報的牆壁。有很大的一碗麵，很大的一碗雜飯，還有很大的鮮紅鮮黃鮮綠飯盒。服務生遲遲不來，王為樂遂拿出手機，低頭用手指滑啊滑啊。突然，他抬頭，用一雙宛如黑簽字筆畫上去的小眼珠瞟了瞟我，把手機遞到我的面前。我一看，螢幕上是一張鵝黃色房子的相片，鵝黃色木板牆好像快滿出螢幕似的，令我疑惑他想要表達什麼。他說了。

「不錯吧，我在灣區的房子。上下兩層，夠住一家人了。」

原來如此。

王為樂得意的咧嘴笑。這時，一道又黑又寬的縫，就橫在他的上門牙之間，忽然由我眼前掠過。我大吃一驚，迅速轉頭，尋找起此刻急需的服務生來。服務生朝我們走來。

服務生點完菜走開以後，王為樂那張薄臉忽然漾起了不快。我懂得這是針對我的，卻不知是我的什麼，不知為何心裡就慌張起來。王為樂往後一靠，抬起下巴，不友善地盯著我說：「妳該不會是排斥婚姻吧？我剛剛在妳家牆上看到妳的畫，妳看起來的確像喜歡藝術的人。不過，妳在園區工作卻喜歡藝術，那代表妳對搞藝術的可能抱有幻想。妳以為藝術家都不結婚，把婚姻當俗氣啊？真頹廢。只要是人，都得回到現實。」

我欲反駁，卻被王為樂打斷。

王為樂說：「我告訴妳啊，比頹廢，妳還不一定比得上我。我大學是玩樂團的，heavy metal，我彈貝斯呵。」

「你玩過樂團？」我太驚訝了。這位聽到媽問話就縮起脖子、大笑就露出一條黑縫的男子，竟曾穿皮褲與鐵鍊在舞臺上刷貝斯？我定睛瞧了瞧此男，結果發現他下巴是方的，頗有男人味，一雙眼散發出痞氣，還有點魅力！

王為樂也在觀察我。接著，他臉上多了自信，說：「我以前髮型不是這樣。我留長頭髮的。我還作曲呢。可是，就像我剛說的，人總要回到現實，是不是？現實是什麼？啊，是人的需求，基本需求。在這方面（他抿嘴淺笑），其實女生比男生還要直接呢。」

服務生已端來餐點。我默默地咀嚼食物。

王為樂邊吃邊說：「妳們女生的現實呀，是時效性。妳們一旦過了某年紀還沒定下來，就會很辛苦。妳現在沒感覺，是因為妳年紀還沒到那條線。不過，那條線跨過去，可是天堂與地獄的差別哪。」

我一聽立即對此人產生敵意，但此人還不打算停止。

王為樂說：「我推斷妳父母在談戀愛時一定也很藝術家式的。我是說，他們年輕時戀愛一定也很瘋狂。不過，他們後來不是也結婚了？妳知道我的意思吧？」

「我父母？」戀愛這詞用在爸媽身上真怪。我一時會意不過來。

王為樂的表情卻是覺得我實在怪異，他說：「我讀過妳爸的日記啊。佩阿姨跟我介紹的時候，我聽說妳爸是誰我就想，哦，知道，知道，好啊，這個可以來看看。我都讀完那本書了嘛。真是奇遇。」

原來是這樣。我心情又變好了。

王為樂繼續說：「我也讀過陳教授的書。他與妳爸念大學時是好朋友吧？他書裡講到妳爸媽的事蠻有趣——妳該不會不知道我在說誰吧？」

我當然知道他在說誰，只不過又是那位陳教授，我真有點呆了。那位不就寫了一點點他與爸的年輕歲月嘛。

我答：「那位教授的回憶錄是在《夢時代》紅了以後才出版的。他有寫什麼嗎？我印象不是很深。」

王為樂露出稀奇的表情：「妳印象不是很深？他有講到妳媽喏。我今天看妳媽還是書裡寫的樣子，我很開心。我很喜歡妳媽。」

「那位教授的名字我聽我爸提過，不過從沒見過本人，我不熟。大概他有他的觀點吧。很好啊，我就尊重嘛。」

王為樂盯著我看半天，突然，他舉起右手，在空中用五根手指做出了個轉開球狀門把的動作，說：「我感到這裡有些不一致的東西喔。啊，說不太上來。妳是故作神祕也可能。女生多多少少會這樣。嘖嘖，令人好奇啊。」

「什麼？」

「妳對另一位可沒這麼冷漠。妳還把他說成艾菲爾呢。」

我瞪著王為樂。看來這人做過不少功課，他到底想說什麼？

王為樂微微一笑，說：「我覺得能把蓋縣長比喻成艾菲爾也真是辛苦妳了。他現在很慘啊，一世英名就——唉，虧妳爸還資助過他。妳一定很難過吧。不過妳還是延續了妳爸的事業，告訴人們什麼是從一而終！這就是忠心。做人啊，要有這種品格。」

我不吭聲。我在消化玻璃屋事件時當然感到許多矛盾，經過不少掙扎，結果被王為樂這麼讚揚了，不知為何，心裡著實感到不舒服。他說的那些話聽來雖是讚揚，但不是也表示他內心判定我是個不能獨立思考的人嗎？我不確定要贊同他還是駁斥他。

見我不說話，王為樂繼續說：「不過為什麼妳對陳教授好像沒聽說呢？就算不熟，他畢竟寫了關於妳爸媽的事。我以為做兒女的總會想知道自己父母年輕時候的事。啊，還是說，妳只活在妳自己的世界裡？嘖嘖，真是神祕……」

我心裡一陣委屈：「我沒有故作神祕。」

王為樂張口還想說話，但手機的震動解救了我。我低頭看，是條陌生號碼發來的簡訊。再看內容，竟是政翰表哥發來的。原來表哥一直關注爸日記出版後的發展。他直截了當地批評說《夢時代》的網路行銷策略有問題，如果我沒人可諮詢，可以去找他。雖然根本沒什麼《夢時代》的網路行銷策略，但我讀著表哥的訊息，馬上羞愧地想，怎麼可以沒有這樣的策略。我適時地結束與王為樂的會面。

國慶假日，太陽白烘烘地晒著住宅區的巷子。我依址前來，卻除了六七片汙汙霧霧的落地窗以外，找不到什麼公司行號的招牌。我望進窗子，窗內橫亙著兩架大書櫃，擋住了我的視線。我瞧瞧書櫃，書櫃上放有不少英文書名的大部頭書籍，無論是封面用色或書名字體都很有科學類教科書的模樣。我想這會不會是一間以英文教學的科學補習班呢，一面就一本一本地讀起書名。讀書名時我意識到，眼前除幾本科學類的，更多是食譜、小說、心理分析、星座、哲學等等讓人歸納不出此處屬性的書籍。我在心裡嘀咕。不過，也終於發現一片像是門的落地窗了。我用力推門，眼前就現出一條下行走道。走道下方有光。我嗅著一股不歡迎人的氣味，步下階梯。

那幾年夏天，當人們絡繹不絕地前來慧娥姑姑的診所生產時，我與薈與各種親戚送來的小孩們，就待在樓上那間總在播放悠揚古典樂的起居廳裡，你欺負我，我欺負你。政翰表哥卻很特別。他沒以主人身分強占孩子們的注意力或玩玩具的優先權，而是待在眾人旁邊，自得其樂地做自己的事。只有當孩子們激烈地爭奪起來時，他才不疾不徐地起身，用溫和的圓眼睛看著嚎叫的孩子，讓那孩子平靜。那時，我最喜歡政翰表哥了。

不過，後來的許多年裡我沒再見過表哥。先聽說他被姑姑送到離家很遠的城鎮去唸明星中學。接著聽說他去了美國，在中西部攻讀博士。最近一次聽說則是在兩年前。那天，是除夕。剛喪偶的慧娥姑姑隻身前來城市與親戚們一同吃年夜飯。飯前，當女人們在廚房裡忙著切菜與燉煮，而我幫忙掐掉綠豆芽的根鬚時，我聽到姑姑向大伯母訴苦：「……汝講，我有啥辦法？會當做的攏已經做啊，那個時陣係政翰講一定欲出國讀博士。我講，汝冊讀不好敢真正欲去？伊說還是欲去。唉，伊是看阮送妹妹出國讀醫科，伊就嘛欲去。讀教育嘛讀到足辛苦。本來就大箍，去六年，愛閣加十公斤哩。轉來嘛有兩年囉。成天賴賴趖，不找工課。唉，是不是這馬的博士攏找無頭路啊？伊去應徵，人給伊講，汝真好啦，但係學歷尚高，汝來無偌久就會走。伊已經欲四十歲曖，我有什麼辦法？我這馬足驚伊，逐日嫌東嫌西，伊講，讀博士有啥物路用……」

階梯很窄，但並不陡。走了兩三階，一片裸露著管線的工業式天花板就映入眼簾。再往下走後，我見到十一、二位年輕男女們圍在聚攏的多張桌子邊，安靜地盯著各自的電腦螢幕工作。每張桌子都堆滿色彩鮮豔的絨毛玩偶。一位女孩抬頭看我一眼，又默默地轉回螢幕去了。我聽到的唯一聲音是此起彼落的鍵盤敲擊聲響。

一位年輕人起身，往裡走去。他朝被螢幕群遮住的某人說話，神情虔誠地聆聽，接著才走回自己的座位。這時，一顆體積具分量的頭以及一對厚厚肩膀，就由螢幕群後方冒了出來。這新冒出的人有一對圓圓眼睛。圓眼睛認出了我，無聲地向我打個招呼，先停在他下屬的螢幕前給出指示，然後才輕快地朝我走來。我望著政翰表哥自信的步伐，心想他肯定不是兩年前他母親嫌棄的那位閒晃青年了吧。

政翰表哥帶我到公司隔壁的一家小咖啡廳裡說話。咖啡廳的工業風格與他公司類似。等著點咖啡時，我得知他公司已有口碑，接案忙到不行。公司接哪種案呢？他一面看手機傳來的簡訊，一面語焉不詳地回答：「各種都有嘛，很多元，畢竟客人主要是政界的嘛。」

我端咖啡坐下。一會兒後，政翰表哥也拿著紙巾與咖啡坐在我對面。我很不自在地望著他冷硬如黃色岩石的眉宇。他不談廢話，直接切入我對玻璃屋事件的反應。

「妳那些發文到底在講什麼？沒有一望可知的立場啊。在這個時代，立場太深奧就等於不存在。妳又不是大學剛畢業，竟然不懂這個？」表哥責備我。

「怎麼會？」表哥的看法與王為樂的相反，令我驚愕，「我覺得立場蠻清楚的。我、我甚至為了要有立場，還沒確定就下判斷——」

表哥打斷我：「那不叫立場，那叫不明確是朝哪一方傾斜的情緒。人類雖不是機器，可認知方法與今天的機器一樣，是透過模式識別來進行的。妳表達的情緒如果沒有鮮明立場就沒有用。」

「你自己有情緒的時候也這樣想嗎？」我問。一問完我就意識到，這麼問，等於同意他說我僅表達出情緒的話了。

表哥嫌棄地看我一眼，說：「以後妳就會明白，人能以自己掌握的方式存在於別人思維裡才是最安全的。」

絮。

在幾秒鐘裡，我腦中只有這個形象：飄於眾人思維之外，孤零零的情緒之

我沒答腔。我對他說的話很排斥，但另一方面我又隱約察覺到他告誡的有理。我陷在不舒服的自相矛盾當中。

表哥又說：「妳現在很在乎做了不確定的判斷啊？什麼叫不確定？是就真假而言不確定？還是就生存而言不確定？我看，妳沒遇過真正的打擊，所以應該是在乎真假吧……」

我反問表哥：「表哥，你對我在玻璃屋事件的發言有那麼多意見，我好奇，你自己又覺得那事是怎麼樣呢？」

表哥說：「妳問我怎麼看啊？我會告訴妳，那件事根本不重要，其他新聞也不重要。這些新聞只是原材料，為了在後續製造出這方論調、那方論調，使人變成菜市場的秤，成天上上下下。依我看，大家都錯以為打爛黨國集團以後，一切就會美好，工作就結束了。其實真正需要被消除的，是黴菌。既然是黴菌，就會不斷滋長。我的理論是，就算世上只剩一人，世界的爭鬥也不會少的。重要的

是，知道自己該與什麼爭鬥。妳現在看看四周。妳看到什麼？年輕人。還有呢？年輕人茫然的憤恨。為什麼會這樣？因為他們察覺到，自己爭鬥半天都找錯對象了。他們就算得勝，也不會得到想要的東西。」

我往四處看去。在咖啡廳裡，每張桌子都坐著盯著筆記型電腦螢幕、瘦而駝背的年輕人。幾張臉映射出螢幕的光，顯得泛藍而蒼白。然後，自動門敞開了，兩位男子踏著虛弱的步伐走進咖啡廳裡。

表哥繼續說：「這是回答妳對真假的疑問。可是我不喜歡談天，我喜歡動手。舅舅的日記出版了，然後呢？妳有什麼計畫？」

我頓時感到窘迫，開不了口，只能說：「計畫？」

「不會吧，妳沒計畫？」表哥再次露出嫌棄。他一口喝完咖啡，起身，拿杯子走到回收臺去。我也趕緊起身。

「妳如果真想建立舅舅的歷史地位，發言得到迴響以後，總得趁勢追擊吧。」表哥黃岩石的臉靠向我，低聲說，「比方說，妳的發言在網路上應該會引來許多批評，批評越無理越好，重點是立場鮮明。那樣子踩到人以後，被踩到的會發聲。這種人攻擊性很強，會成為妳的護衛。這樣子就會再掃到其他人。那些人跳起來發聲，促使更多人加入。來回不斷刺激，場面才有動能。我說的這些都是最基本的，不過我看妳不知道怎麼做對吧？只好我教妳了。妳有很多該做的事啊，回去好好想想！」

表哥的手機不知已第幾次在震動催他了。說完這些，他帶我走出咖啡廳，在巷口朝我點點頭，轉身離去。我往反方向走，一面煩惱地想表哥奇特的建議。爸的歷史地位全繫於我一人，但我能達成表哥期待我做的事嗎？這麼久沒見，表哥不再是我幼時那什麼都不缺的小男孩，而變得有些聖，有些魔了。我想表哥的圓眼睛彷彿被拉下鐵門，軀殼彷彿被改裝成一部戰車。戰車僕僕地疾行於黃色岩漠裡。而我，準備坐上那部戰車了嗎？

九、命運共同體

大約幾年前，國外出現一場運動。初始，這運動只屬於小眾，是些少男少女拒絕放程式美化過的照片至社交平臺這樣的活動。但後來，參與者開始在任何時候，尤其在呈現自己的時候，都公開宣揚「對自己誠實，好過傳遞正面思想」，於是，運動便迅速地擴大了群眾基礎，並進一步也要在思想層面上挑戰社會了。他們主張，主流觀念多數是偏見，是被少數勢力有心地形塑而成的，為此，他們要發表新的論證。這些論證多具有科普書風格，一方面強調本身是奠基在科學之上，一方面又務必要使一般人都能看得懂。

這場儼然已是全面性的新興運動就像網路世界裡一條磁性繩，將浩海中說各種語言、互不相識的人們都給吸了出來。他們之中有一位美國少女，因而得到唱片公司的眷顧。這位髮染螢光藍，髮中央剃顆星星，被私密粉絲暱稱為「星髮」的叛逆少女，迅速解救了委靡不振的全球影音市場，使各個行業領袖搔首頓足，急切地想搞懂這一切到底是怎麼回事。而在此地，到了這個時候，新興運動已成為一股勢力。

此地的追隨者們揚棄過去在生活裡的形象，力圖要表現本色——雖然沒人說得清他們為何不隨國外同好染螢光髮色，而是梳起油頭，穿花西裝，畫兇惡的妝容。而如果有時他們不塗抹臉，展露出真實的相貌，那只是因為，他們想表現被美學家認為太現實太尖銳，但他們認為才最誠懇的一種人生態度。

信仰 Poems 與海豹的美少女詩人自然也得面對這場新風潮。少女們外表雖柔弱，骨子裡卻靈活。她們結束姚文中主題，實驗起新興運動的意境來了。那位嬰兒臉蛋詩人在短影片中，以桃紅色蠟筆塗掉自己的臉，徒留下一雙恍惚的眼神。那位大眼詩人發狠了，把長髮剪去，髮短在耳上並染成粉紅，惹得粉絲送出一排排崩潰臉與哭臉。那位最潮祖母綠詩人讓鏡頭錄製她去動物園玩，發現新穿搭看來就同園裡的鴕鳥，於是輕咬下唇，神情委屈。而這些詩在詩末，除附上原本的座右銘以外，還加上 # 女性力量 #girlspower #Iamwithyou 等等的護身串珠。

美少女詩人們幾乎要成功地證明誰才有資格在新時代勝出了，沒想到，卻有人沉不住氣，在一名新興運動歌手得到本地音樂大獎時，公開發表了這樣的詩：無法收看今年的頒獎典禮，因為實在不想被某人傷到眼睛。

詩一出，其餘美少女立即響應，各種粉嫩、花、泡泡都在這處、那處冒了出來。但反撲也立即出現。批評來自各方，甚至包括家庭主婦這類理應不關切新興運動的族群。人人激動得簡直像欲拔除什麼有毒植物似的。

我會知道這些，不是因我在園區上班竟有餘裕追蹤網路動態，而是在我去了政翰表哥那間沒招牌的辦公室以後，有一天，我又接到電話，聽到的表哥第一句話就是：「妳知道那些很關注妳爸的網紅？她們最近有事，妳不是該出點聲音才對嗎？」所以我花了一些時間上網，補齊落掉的美少女詩人們的發展。

接下來的事，我就在第一時間跟上了。在最後一波批評聲中，美少女詩人們始終不發一語，這讓我有點擔心。後來，網路大海突然浮出一片片關於星髮少女的怪異新聞，內容可簡化為：網路社群正瘋傳星髮少女出道前與朋友玩鬧的短影片，影片裡星髮少女作出了對某類族裔具歧視嫌疑的舉動。我讀完文章，前去社群查證，結果，就撞見各種對星髮少女的諷刺與譴責。星髮少女立刻出來道歉了。不過，網路海面還是重新浮出那些幾乎已被人們遺忘的臉蛋，當中也有美少女詩人們的。這些美少女詩人們微笑的臉絲毫沒有被打敗過的人會有的那種鈍角。她們如以往一樣優雅又自信，首次、卻毫不彆扭地談起「令人揪心的社會弱勢」。在這個新氣象中，她們拋開暗別苗頭的舊態度，給出的、與得到的全部是愛，各種形狀與顏色的純然的愛。事實上，若拿她們此刻的詩作眼觀去，幾乎要以為，人們長久等待的和平已然降臨。

這些種種都使我發昏。我希望做到表哥期待的，精準地掌握姚文中怎麼存在於眾人思維當中，可是情況複雜得令我不知如何著手。過了一陣子以後，表哥再次來電。我對表哥講東講西，就是不願談我打算怎麼做該做的事情。表哥察覺了，打斷我，冷冷地說：「妳怎麼還在想這些無關的事？我要不是妳哥，才不會花時間在妳身上。事情一直在走，妳卻遲遲不動作。難道妳看不出誰是命運共同體嗎？這樣還想替妳爸建立歷史地位？」

我很驚愕。表哥的意思是我該明確表示自己與美少女詩人站在同一陣線嗎？爸的地位繫在我身，可是我做不到，就是做不到。我的內心充滿了罪惡感。

我問自己，人非得在任何時候對任何事物抱持立場嗎？我想起薈說的：「多數概念只是真理的屑屑。」我想著這畫面：我們抱著一些快被吹散的屑屑大聲地宣布：「我們擁有真理。」

出於原因不明的叛逆，我不理會表哥，第一次去聽了星髮少女的音樂。

無畏私人短片被譴責的陰影，星髮少女在預定時間向全球推出了新專輯。在城市裡，也在鄉村，人們全盯著螢幕上的螢光藍聽歌。旋律是絕對都會的。聆聽時彷彿能見水泥牆、帶水痕的玻璃窗、暴露的水管。影片是絕對療癒的。現身的不是完美虛假的真人，而是幾筆勾勒的卡通。卡通小孩有頭螢光藍長髮與一顆黯淡的星。她躺在灰色水窪中，上方是灰綠色天空。她用一雙沒睡好而烏青的眼睛望向觀看者唱：I love myself / cause’ I love myself / so I am leaving / I am leaving / you ~ you ~ you ~ oh……

我以為我會皺眉的，可是，當那低柔嗓音一層又一層地織成厚棉被包覆了我，當那鼓點像溫潤的心跳，點啊點的點著我的手心與腹部，我明白，耳朵所聽到的，就是一直存於我心底的聲音。那聲音音色微渺，卻有人做出來了。成為這麼美妙的音樂！現在，我裹在無比結實的厚棉被裡，有溫熱的心跳撐著身子，就算繼續在石頭路上滾，也不會再覺得痛了。什麼都不用怕了。

然而，我還是甩不掉表哥說的話語。

誰是我們的命運共同體？我很悲傷。誰呢？我不願懷疑要我給出答案的表哥。誰呢？難道我自己沒這樣要求過人……

「命運共同體？」王為樂面無表情地反問。他這麼說話時，我們剛由大概一百七十層樓那麼高的地方下來，在馬路邊散步。四處車聲鼎沸，我得十分靠近才能聽見他說什麼。

這回，王為樂約我的理由是他已買好票，要在回美國前帶我去位於一六八頂樓的摩天輪遊玩。我套上寬毛衣與牛仔褲，不情願地赴約。王為樂卻顯得異常興奮，我們還在排長長的隊，他就小跑步到稍遠處，回頭舉起一臺碩大的單眼相機喊：「明儀，看這裡，笑！」我窘迫極了，趕緊露出笑好使他快結束這種行徑。終於，車廂來，我們上車，各據一邊，廂門急促地吸上，所有聲音消失。我望向車廂外，巨型的黑色輪軸正在無聲地轉動，我望向腳下的透明地板，一六八大樓正疾疾地縮成一根 0.7mm 筆芯，還有近十個黑霧狀四方體在不安地漂動。一切那麼黑，那麼深，或許我因此在肢體或表情上顯露出緊張，總之使王為樂變得好高興，直衝著我說：「妳好可愛！妳好可愛！啊，真的好可愛，好可愛……」

我用自認最果決的語調打斷他：「不，我是真擔心蓋得不安全。你知道吧，施工品質的問題……」

王為樂卻不為所動。他又舉起相機對準我了，直按快門，嘴上則說：「對呀，施工品質一定有問題，好可怕哦！怎麼這麼高！啊，妳真的好可愛，好可愛……」

當我們再度回到地面時，遠方傳來一陣鼓聲。我因重新踩在地上而變得極度放鬆，王為樂則在各方面表現出主動。兩人的對話因而轉為深入。

我告訴王為樂爸對我的意義，說我至今只有一位老師那就是我的爸爸。王為樂問：「妳爸爸都教妳什麼？」我害臊地答：「邏輯思考。」王為樂沒接腔，他望向馬路，鑼鼓聲已近在耳邊。

一條色彩繽紛的隊伍由我們面前蠕動著經過。幾名不知替哪位神明開路的超能角色木偶不斷地搖頭擺手，吐舌咧嘴。我對王為樂說我爸爸最受不了這種噪音，王為樂則說他自己尊重一切宗教，遇到該拜的會拜，遇到傳福音的會稱謝，遇到談佛經的會說好，事實上對宗教不去想也不去猜，抱持的是不可知觀點，因為他認為政治比宗教更值得他花時間研究。

王為樂進一步透露，雖然博士念的是機械，但他靠自己研讀了國際關係、戰爭史、大國歷史等等，只等拿到學位，就要去跨國科技企業一展自己的政治長才。這麼說完，王為樂挨近我，悄聲問道：「如果我告訴妳楚門的世界是真的，妳會怎麼樣？」

我反射性地後退，腦中出現了電影中西裝筆挺的楚門：楚門吻完美的妻子，楚門關完美的大門，楚門離開完美的房子去上班。然後，鏡頭轉進早餐店：吧檯前圍滿了人，全是在早餐店盯著電視機追劇的里民。里民們看著楚門吻妻、關門、離開，楚門療癒他們，因此楚門不能知道真相。

但如果將電影劇情改一改呢？電影中世界雖有布景，卻遠不是完美的模樣，而是這裡有人喊：「我是你的命運共同體，跟我衝！」那裡有人喊：「我才是你的命運共同體，他不是。過來跟我衝！」人忙著對人施予暴力，甚至破壞了布景，但同時間楚門的腦神經卻稀奇地變異了，不再能將看到的和聽到的與自己的意識連結，以致任何時候他都認知世界是溫馨又快樂的。如果改成這種劇情，電影還能發展出楚門划船撞到攝影棚因而發現真相的結尾嗎？我想這問題如果能跟薈討論，應該會很有意思。

眼前，一群臉色滄桑而乖戾的男人們緩緩地走過。他們合力抬著一座娃娃屋大小的黑色神轎，目不斜視地，走向此刻就像一把巨人之劍倒插在地的一六八大樓……

我試圖將自己對命運共同體的想像告訴王為樂。但或許我說得太混亂了，結果王為樂只用那雙不含情緒宛如黑筆塗的眼珠望著我反問：「命運共同體？」

不等我回答，他繼續說：「妳太認真了。人啊，要多一點幽默。我講楚門，意思可不是妳想的。妳不要想太多，好好享受作女人的特權，保持可愛、純真就夠了。女人哪，不像我們男人。男人可憐，生來就得幹活。」

我覺得不可思議，說：「你這種想法早就過時了。」

王為樂不懷好意地笑了笑：「我知道這種想法現在不能大聲說。但妳等著看，會有反撲的。而且，妳想過妳媽的心情嗎？我看得出她很擔心妳哩。她才真是怕妳找不到妳的（用手指了指自己）『命運共同體』喏。」

我沒對王為樂突然顯出的自信與自在想太多。隔天，我回園區。薈為了替由紐約飛來園區開會的趙見生接風，也跟我一道走。我在巴士上對她說起自己那些跟命運共同體有關的奇思。

薈聽了後沒直接表示意見，卻說：「姊，每個創意其實就是個念頭，妳為什麼會產生妳說的念頭，這是我更感興趣的。」

見我沒說話，她又說：「……上次我們討論妳寫的那篇〈三重奏〉討論得不愉快，結果我本來想講的話沒機會講。我是想跟妳說，還是有些地方我覺得寫得好。很明顯，那位母親的原型就是媽吧。妳幾乎要捕捉到媽的樣子了，但因為妳太想反擊媽，結果還是差了那麼一點。」

薈由包包裡拿出一塊透明夾子，裡頭裝著我作品的列印稿。她指給我看，原來喜歡的是這麼一段。

……一天清晨，陳秀芬夢醒，突獲靈感。晚上，當露露同往常一樣走進小房間時，陳秀芬就躡手躡腳地站在門外不出聲地聆聽。這樣重複了五個晚上，到第六晚的時候，陳秀芬嘩的開門，像爲收集最後兩件證據那樣，瞥一眼那雙面向樂譜卻果然沒在看譜的眼，幾根按著琴鍵卻果然沒在彈琴的手指，大叫：「你在做什麼白日夢！」這母親且頃刻間就化爲一具滅火器，對著燒向自己人生的青春野火噴出最隔絕氧氣、最具腐蝕性的言語乾粉。

還有這麼一段。

……在那段日子裡，陳秀芬曾有感而發，對丈夫說，世人對貝多芬的父親約翰太不公允了，雖說貝多芬是天才，但誰知苦心栽培兒子的約翰會不會才是被埋沒的天才？畢竟天分總得遺傳自某人吧。那時，張毅傑上班整天很累了，領會不了陳秀芬的幽默，亦聽不出她的心酸，遂隨口建議：「沒人要妳這麼勉強。既然露露學琴妳這麼辛苦，就別再學了。」

陳秀芬卻斬釘截鐵地說：「不行，一定要繼續學。我再苦都沒關係。她一定要繼續學。」

張毅傑問：「妳爲什麼這麼堅持？」

陳秀芬憋著，幾秒後才語音顫抖地說：「我不希望她長大以後只能羨慕別人。」

薈解釋她為什麼喜歡這兩段：「在故事裡，這位行為就像加害者的母親，她還有巨大的苦悶。有如此苦悶的人，肯定也有極為閃耀的地方。這兩段就隱含了那種仔細看能見其閃耀的面。如果說這故事還有潛力，那麼只會是因為這些隱含的面了。可是妳沒真正發掘、擦亮它們，所以目前這故事還不成一篇故事。姊，我不知道一個人該怎麼決定誰是自己的命運共同體，但我知道，有些人與自己緊緊相依，硬要切開的話有多麼痛苦。」

我把臉轉向窗，靜默不語。巴士繼續駛在隆隆的黑夜裡頭。

十、救贖與力量

全白餐廳裡冷風颼颼。我望著身旁的高顯達，他卻避開目光，臉陰鬱得如同外頭的天氣。我心想，這次見面，高顯達對我沒像往常不停地埋怨，而是戒備得像隻蟲子，難道他覺得我哪裡不一樣了？我轉向薈，薈朝我彆扭地笑笑。昨晚，薈到園區後沒睡我那裡，聚餐前才與趙見生一同出現，人卻全變了，她水腫得彷彿白白臉皮全浮在肉的上面，她又是怎麼了呢？我沒頭緒。然後，趙見生由洗手間走回來了。他坐下，這桌才重新活絡起來。

原本大家講起預備怎麼過將來臨的聖誕假期。我與高顯達皆表示今年會單調地待在此地，趙見生卻說他將隻身一人去布達佩斯旅行。當時，我看了薈一眼，薈卻別開臉不作聲。現在，趙見生坐回椅子，朝著我與高顯達解釋去布達佩斯的緣由。

「我對海島一點興趣也沒有。躺在沙灘晒太陽是很好，不過一天就差不多了。我是想看看十九世紀孕育出許多偉大人物的布達佩斯是個什麼地方。十九世紀的歐洲很有意思啊。撐了一百年，直到一戰開打美好年代才結束。你們看那些出生在十九世紀末的歐洲人，不覺得他們與我們當前類似？」

話題由此，圍繞著近代局勢進行了好一會兒。

「……我還是得講，國際事務啊，事實上所有事物啊，追根究柢是力量。」趙見生結論道。

在座的都沒回話。於是，趙見生為增加說服力，又一次的搬出他顯然熱愛的書《羅馬帝國衰亡史》。

「如果想了解今天的國際情勢，就該借鏡羅馬帝國的歷史。帝國可是經過很長的時間才完全崩潰掉的哪。（他轉向薈）妳讀《羅馬帝國衰亡史》讀到什麼呢？」

這《羅馬帝國衰亡史》我自翻過薈隨身帶的一冊後，也買回來好好地讀了。是部有意思的書，值得辦讀書會好好交流。不過，趙見生碰面總聊此書，目的恐怕不是為了交流，而是想藉嘴巴重述，來消化眼睛讀到的文字。至於薈呢，卻是為了吸引趙見生才如此投入的吧。

「妳這樣問……」薈的聲音沙啞。她清了清喉嚨，臉上重新有了生氣，「帝國在衰落過程中一度演變成軍閥割據，而人民——哎，其實我覺得這部書雖叫帝國衰亡史，但吉朋真正在講的不是帝國，而是某個試圖救贖人的生命觀，怎麼在日漸衰敗的社會裡得到大量追隨者，然後又在具備影響力以後，被世俗統治者拿去，在政治滋養中長出許多教義，這樣的歷史。在人類社會，這類事總在發生吧。每當世界出現某種試圖超越一般人性的嘗試時，就有許多人想將那嘗試扯下，用汙水染浸，用重物敲打，最終使那嘗試沒可能超越人性，而僅映照出人性來了。」

「由這種角度看也有意思。不過，妳可以更具體說明嗎？」趙見生露出極有興趣的表情問。

「拿《羅馬帝國衰亡史》寫的來說，比如，基督教關於救世主性質的爭論。在基督教出現的最初幾百年裡，信徒不是對耶穌存有各式各樣看法嗎？福音書確實如吉朋所說，除去那幾句被牛頓推論為後世傳抄錯誤的話以外，沒有明確定義耶穌的性質，所以，早期基督徒讀著當時的福音書時，自然會依據自己的情感和思維自由地想像耶穌是什麼樣一種存在。如果還考慮到，早期猶太人稱呼彌賽亞時腦中想的多半不是神，而是神選之人，但當基督教傳給非猶太人以後，非猶太人卻可能因沒同耶穌本人說過話，不熟悉猶太社群的文化，又傾向以字面去理解福音書，所以容易『擁抱基督的神性』，這是吉朋的原話喔，那麼——」薈表現得像個用功的學生。

「早期的非猶太基督徒分了好多小派啊，他們多是在帝國東邊的臣民，」趙見生打斷薈，興致勃勃地補充，「有這種持幻影論的，他們因無法接受神聖的靈怎會與不純潔的肉體結合，所以無視福音對耶穌的記述，發明說，基督第一次現身人間就是個成人，在約旦河邊。但只有形象為人，實體卻不是，也就是說在十字架上的受苦與死亡都只是幾齣神為人類上演的劇碼！

「還有那種被稱為靈知派的。他們作為博學又富有的階級，讀到希伯來聖經的血腥記述後，認為以色列的神既衝動又會犯錯，愛恨不定，有仇必報，只關注俗世，只偏愛一個民族，這樣子他們實在無法視其為全知全能的宇宙天父。因此，他們宣稱，基督是宇宙天父的第一道光束，來到世間是為了向人類揭示一個真實完美的體系，也就是糾錯。」

「但早期基督徒也不是全都無視福音書寫什麼而只撿自己喜歡的啊——」蒼說起。

「當然不是。不過，遵循福音書裡的記載不表示人就能收斂想像，」趙見生頑皮地微笑說，「吉朋不是寫到？當時有人為了攻擊這種假定基督以胎兒方式待九個月後由女人子宮出來的論述，就說，神是同光束穿過瑪莉亞，連她的處女狀態也沒破壞。但這種話實在太違反常識，連同派的都看不下去了，所以他們只好自我檢討。那麼，他們改進後的理論是什麼？基督不是幻影，只是身體不感到痛也不會壞掉，而基督由胎兒長大到成人都不需攝取人類需要的養份，也就是說基督與門徒吃飯時其實不渴也不餓。但如此一來，他們就得解釋基督的身體是用什麼做的。於是他們說，基督的形象與實體皆來自神之粹！」

一直沒說話的高顯達此刻噗哧笑了出來。

「說到這裡，」趙見生繼續以那副自己被自己娛樂到了的神態說：「不得不提一位叫 Cerinthus 的人。他住在猶太與非猶太基督徒的接壤處，所以進行了調和兩方觀點的工作。他說耶穌是被神選中以恢復地球信仰的工具，也就是說，耶穌在約旦河受洗時，真正的救世主亦即神的兒子本尊，才以鴿子形式出現，附在耶穌心靈指導其言行，直到耶穌死前離去。人類真富於想像力，不是嗎？且別說他們荒唐，這些理論在基督教早期可是很有影響力的。」

「你說人類富於想像，可我認為事情不只在想像力而已。」被打斷了好多次的薈這次提高音量，像個好強少女那樣地開口：「人是無法憑空產生那些對耶穌的想像的。人對耶穌的想像反映出他們身處的宇宙觀，比如希臘哲學或各地民間信仰什麼的。事實上，整件事可能是，人以自身的思維模式去理解福音書，卻在兩者相牴觸時，被一廂情願黏固在原本的思維模式那兒，無法飛向新接觸的福音書內容，這使人受很大折磨，就要發動想像力，將兩者移作一處，打成一氣不可。這些史實不是顯現人多有想像力，而是人多容易被困在既有的思維模式裡。這正是許多問題的根源。」

趙見生的眼睛亮了，說：「但人也只能以所處的思維模式去理解事情，不是嗎？超脫實在太難了。難到妳還相信人能以理性知道一切？首先會遇到的困難就是，人怎麼分辨何為外加思維，何為自身思考？再來，既不是所有事物都能被客觀衡量，目前小於某尺度科學儀器就測不準，那麼當自身思考所用的假設必須提取自主觀經驗時，又怎麼保證，人對自己經驗的詮釋，沒受外加思維的影響？」

薈堅持道：「但我寧願相信人是可能轉換思維模式的。如果我們能把轉換思維當成遊戲，時常去進行，去實驗——」

「轉來轉去總得有個決斷，否則，」趙見生不客氣地指出，「想法如何使人產生力量？」

薈愣了一下，承認道：「……我倒沒想過。」

趙見生說：「哎，事物的本質是力量比拚。雖然超脫思維很重要，一切還是會回到力量。早期基督徒自由地想像耶穌，後來那些想像還不是全被拿去鬥爭異己了？吉朋也寫了，基督教在成為帝國國教以後，無論是靈知派或幻影派，全被康士坦丁滅了，因爲只有大帝的想法可以是真理。但就算是那樣，那時的基督徒還擁有比後代更多的自由。以後，教會的權力更穩固，原本統一的就再次出現內鬥，且鬥得比先前慘烈。為什麼而鬥？為細微分不清差異的看法而鬥：聖父聖子的位階高低、存在方式、結合性質。最後，勝利的一派得到 Catholic 公教這一聽就知是對勝利者的稱呼，而教義終於變得僵硬又絕對了。既要小心不混淆基督的神性與人性，又要謹慎不分開基督的神性與人性。所以，教徒們發明出各種詞彙和符號，但事實上，這種被追趕而發展出的理論只會越來越靠近他們指控的異端那處。最後，鬥爭已不顧什麼理論或信仰，而是赤裸裸地只為了政治。書裡寫到這樣的事，有個埃及主教宣稱，依大家認可的定義來推論，既然瑪莉亞是神的母親，那也就是神了，為此，他帶領一眾殺氣騰騰的僧侶去君士坦丁堡，只為了譴責不這麼想的對手，也就是當時在帝國首都的大主教。他這麼做，真正的目的當然是要去鬥垮對手。」

趙見生神采飛揚地講演。我先是瞪大了眼睛聽，接著就以不舒服的姿勢埋頭喝水。趙見生像在談一件趣事，我卻因想起半年來經歷的許多事而在此刻意會到，我自己完全可能在某些情況下表現出趙見生講到的人類荒謬行為。實際上，我先前說的與做的，若和吉朋寫的相比，難道有什麼本質上的差異？我痛苦地這麼察覺到了。

趙見生突然轉向我問：「明儀，妳怎麼想呢？我聽薈說妳也讀了《羅馬帝國衰亡史》。」

我朝薈望了一眼，回答趙見生：「對你們說的早期信徒，我會覺得，他們對耶穌的想像就算荒謬，卻是人渴求真理時很原始的表現。重要的是何謂『真理』？我很同意你引述《魔山》說，人傾向把救贖自己的當作真理。但我還想到，由於那種對獲救的渴望在一般時候很隱晦，所以人就算沒有得救方法，也不會感到痛苦。但如果在某些少見的時刻，人身心上的壓力強到他難以忍受了，此時，我眼前出現貌似解方的事物，人還能冷靜去判斷，還願忍受可能不會得救的風險，繼續追尋下去嗎？甚至是在這種時候，人對獲救的渴望會不會變成線頭，能被有心人扯動，使人成為群眾力量，而個人卻離真正的救贖更遠了呢？也就是說，追求救贖與力量比拚兩者是可能在真理之名底下，形成一封閉迴路的。」

我講話時，薈將趙見生放在桌上的閱讀器拿去，熟練地點擊著。然後她找到想找的了，便插嘴發表意見。頭上的燈將她綳腫的臉照出幾許凹陷。

「既然我姊說到救贖，那麼我就得說，救贖還有另一面向，而這更根本；到底宗教的目的是要得到救贖，還是產生力量？吉朋寫到公教派鬥贏亞流派時，曾不尋常地停下敘事，評論說（薈用手指劃句子一面進行翻譯）：『既然我們傾向將自己的情緒與熱誠歸責為神，就會認為最謹慎且崇敬的作法，是去誇大，而不是去限定神之子令人景仰的完美性。』也就是說，公教信徒持的想法使他們得認定，自己無論對錯都會受神眷顧；而亞流信徒持的想法則會使他們擔心對了還好，如果錯了，自己將永遠受罰。這便是趙見生你所謂的想法使人產生力量！這便是吉朋稱作 believing age 信仰時代的情況。到最後，宗教目的是要得到救贖還是產生力量？答案很曖昧吧。」

趙見生頓了幾秒，突然問：「說起來，妳們覺得現在是不是也是個 believing age？」

我與薈都語塞了。高顯達則神經質地拉拉背。

趙見生繼續說：「吉朋用『believing age』稱呼歐洲自古典時代末期橫跨整個中世紀的那段時間，另一層意思是說：他所處的時代不是那樣。這當然是十八世紀歐洲知識分子的自我建構。但人們總得抱持某種形式的共同信仰，否則如何維繫社會？在十八世紀，歐洲多數人仍信仰基督教，吉朋自己也信仰某種形式的基督教。那現在呢？無論在何處，不也都看到只可能越來越強的信仰需要？」

「哎，迷信，迷信。科技就是一種迷信。」高顯達大聲地說。

薈嘲諷地看著高顯達說：「相信成為人上人就會幸福的，也是一種迷信。」

我沒附和這些話，因為此時我已想起幾位信仰基督的朋友，他們雖不同但一致敞開並散發光輝的臉龐。我們在四人行會面裡，提了「救贖」這詞彙好多次，彷彿在稱呼某種維他命。可是我實實在在地見過，信仰使朋友發生什麼甜美的變化。他們的世界就是甜美，且不能簡單說成由於迷信所以甜美。那麼，是由於什麼？朋友們告訴過我答案的，卻由於他們所說那字已被各界氾濫地使用，所以我一直還沒消除心頭的疑惑。

我說：「我還是想回來談談這個……真理。就算最初的福音書沒明確提到耶穌的性質，卻有不少處提到『神之子』。就像趙見生你說的，早期基督徒對這個詞各人有各人的解釋，因而引發多次爭戰。

「我們生活在這時代，有餘裕不需立刻去決定『神之子』是什麼，卻可以盡情地思考，那些與耶穌同時代同社會的人們在聽到『神之子』時，心中怎麼認定。

「所以，福音書面向的社會是如何使用『神之子』這詞彙呢？同社會裡的不同人們在喊出這詞彙時，腦中想的，又有何異同？再若還成書時間最近耶穌生活時代的馬可福音與馬太福音作主要依據，那麼，它們皆未記載耶穌親口自稱神之子的這項事實，又顯示出人類傳述歷史時的什麼特性？我是說，當福音書中的人們講出『神之子』時，他們各人想的內涵可能是神投胎而成、神附身而成、神像人類生孩子那樣生出一種存在、難以解釋但人類無法企及的存在、被神性充滿的人、心中擁有神之道理的人、同世界其他生物構成了神之一部分的人，或其他我們想不到的內涵……」

我一面說，一面還想著一個重要問題：當耶穌聽到別人銜自己喊神之子時，又怎麼想像自己呢？

而使「神之子」定義在基督教早期乃至現代都極迫切的原因是：人人可否皆為神之子？

「妳說的問題歐洲早就吵幾百年了。」趙見生用一句話結束討論。

突然，我意識到，趙見生與薈可能勤懇地讀《羅馬帝國衰亡史》，卻從沒拿起影響那段歷史至深的福音書來讀。我則是對兩樣都還沒研究清楚就決定了陣營。我們三個等於是吸收各種二手描述以後，就決定歸附於那個陣營。然後，也許好好地讀了己營的經典，卻還是沒想到要去理解對面陣營的思想源頭。

我望著趙見生心想，耶穌與基督教必須分開來理解。

趙見生與薈正在讀吉朋的著作，注意力因而集中在吉朋那時代知識分子關注的重點，即基督教傳給非猶太人以後的真實歷史。但此時，對處於當前詭譎時空的我們來說，或許也很有意義的事情是，試圖理解福音書所述的那渴求救世主的社會。而一個人若想了解那個社會，無論他相不相信福音書記載的真實發生過，他都會發現，他最好是由研讀福音書本身開始。

晚餐結束了。趙見生起身買單，高顯達搶著要付。等待他們的時候，薈悄悄地靠向了我。

「……姊，我還是覺得不應該篩選爸的日記。我說的不只是出版，是說對妳也不妥當。」

「怎麼說？」

「姊，妳跟我不一樣，爸對妳影響很深……哎，妳不是也讀了《羅馬帝國衰亡史》嘛？那就該了解我的意思。總之，重新去看看妳當時篩掉哪些東西吧。」

男人們走向大門，一面親切地同彼此交談。我望著似乎成為朋友的那兩人想，也許很多事不是我以為的，也許問題常常不是何為真相，而是我的認知系統可否存在真空。我隨妹妹跟著男人們走進濕冷的夜裡。

十一、篩掉的紀事

我坐在自己房間的地板上，手握話筒，聽男孩剛變聲的嗓音。突然，房門大開，爸爸走進來，朝我桌上抓起一本流行雜誌，拿筆嗶啾一聲畫圈，接著一扔。雜誌啪地落地。我丟開話筒去撿，占據兩整頁的時尚模特兒臉上一副黑烏烏的太陽眼鏡被螢光藍圈起了，彷彿在對我強調什麼。爸爸陰沉地開口：「戴太陽眼鏡的人頻繁地出現在雜誌上，妳知道這代表什麼嗎？」

我心疼自己花零用錢買來的雜誌，但也知爸爸在用他的方式幫我準備升學考試，回答：「妳是說大眾文化上的意義？是節約能源嗎？啊，不，越來越多戴太陽眼鏡的廣告是因為，人們在意臭氧層破洞導致紫外線危害人類，也就是說，氣候變遷的議題正在變得重要。」

爸爸很滿意。我與青春期的自己奮力一搏，睜開眼，由夢中醒來。床、大衣櫃、小冰箱、小書架。我花了些時間才確認我在園區租處，此刻是週六清晨。我安慰自己：「啊，只是場夢。」然而，清醒起來的現實，卻是我另一種憂鬱。妹妹問，妳篩掉什麼？當她的面我表現的不在意。妳篩掉什麼？我不想回答。妳篩掉什麼？……

仍裹著被子，我移向床邊，把手伸進床腳的紙箱，摸出那六本出版社歸還的日記本來。我躺回床上，由前往後依序讀起我沒讓人出版的那幾篇紀事。

四月二十日

早上與李淑娟大吵一架。在送孩子上學的路上，有一大片田地被圍起來開發了。我們開車經過，我說這一定有官商勾結。沒想到李淑娟口氣很差地反問你怎麼知道？我向她解釋，可是她一直打斷我，質疑我，明明什麼也不懂，真莫名其妙。所以孩子們下車後我就表態：孩子已經長大，我們既然不合適，不如分開算了。她沒說話。可是晚上回家以後，我不吃她煮的飯，不理睬她，她卻還是想出辦法讓我就範。李淑娟年輕時就如此了，什麼事都很固執。想當初她執意要我娶她，其實是爲了她觀念守舊的父母。但我失去自由，卻由於我是個負責任的男人。難道我負責任就得被她控制？不，任何人都不能用這種方式剝奪我的自由！

四月二十一日

我人生至今，一切努力都是爲了掌握自己的命運。現在，生活的地方已冒出民主嫩芽，我的命運卻已寫完。我當時知道有孩子的時候，就把科學理想拋進太平洋裡了。我成爲養家的機器。可是，不適合的兩人終究不適合，爲什麼李淑娟不願理解？她甚至說，等她離開我後，我就會知道我在生活上如何依賴她。她不懂，男人就算偶爾找不到襪子又有什麼關係？我沒與她離婚全是因爲小孩。可是她最近的態度實在讓人無法忍耐——算了，豁出去吧。

三月十六日

今晚交給明儀幾本羅素的書。她剛上高中，正是我第一次接觸到羅素的年紀。我選了最靠近她桌子的書架，把書放在平視即見之處。可是明儀拿起書，隨便翻了翻就放回架上。我好失望。眞不知她腦袋都裝些什麼。看來我得想想怎麼提高她對理性思辨的興趣。她畢竟已經長大，周圍的誘惑變多。我不能讓她爲了一些虛榮就浪費掉人生。

五月二日

鄭醫師問我要不要幫孩子報名青年民主營，說目前只開放給限定人士。不知道爲什麼，鄭醫師似乎比我和裡頭的人更熟。我說晚點回覆他，但其實已經想清楚了。孩子們如果不願參加營隊，我也不會要求。因爲，我參與運動的初衷，不是爲了孩子參與政治，是爲了替孩子建立一個正常的家園。彼時政治將正常化，政治不會再占據一個人的生活，而人人都能學習眞正的知識，發揮各自的天賦，盡情地投注在各行各業，成就自我。

六月九日

很久沒這麼傷心了。情況很糟。我無法理解明儀爲什麼變成這樣。我眞懷疑明儀是不是我的孩子。上次是超過門禁時間回到家。這次是與男生約會！校長說看到明儀與男生走在一起，書包不是背著而是拿在手上，樣子非常像一個太妹！我不能理解。以前我們這種愛爬山的，跟那種愛去舞會的可說是兩類不相往來。我的女兒怎麼卻變成這樣？羅素的書她都沒讀。我昨天好好地問了她的人生目標是什麼，可是她說不出來。我不知該怎麼辦。爲什麼花那麼多心力，得來的結果卻是這樣？

讀著爸的紀事，多年來在我腦中昏暗處的回憶也浮現出來，在我不情願地注視下，一吋一吋的展露出細節。

……心情灰暗，不透氣的中學制服黏著皮膚。我就著一盞燈坐在桌前，窗外一片漆黑。突然，爸走進來，在我書架上放下幾本書，語氣彆扭地說：「這些我放這裡，妳可以讀。」我望一眼。喔，幾本新潮文庫的羅素選集，每次翻爸的書架都會看到卻不想取下來的書。可是我抱怨什麼？就算好難得一個人去書店，我也擔心沒被爸選上的書不值得我讀，所以我只是繞啊繞啊，直到空手而返。

……爸坐在沙發上，濃眉用力地揪起了，雙眼令人害怕的緊閉。已經兩小時過去，他卻一語不發，強迫我站在他面前，直到我說出令他滿意的回答。我很累，渴望柔軟的床，我默默地祈求爸張開眼，罵人也好，至少罵完能准我進房睡覺。可是爸不張嘴，也不張眼。他維持巨大的形象，等著我來懺悔。我囁嚅地說話，可是爸眼皮緊鎖，齒顎鼓起。我心想，睡了吧。我祈求，睡了吧。

……爸的臉布滿陰影。他說：「妳是不是跟男生約會？我還知道妳在學校裡怎麼穿制服，妳把襯衫拉出來，裙子摺短到露出大腿。妳懂不懂自己在做什麼？我太了解男生了。我告訴妳，妳是在作賤自己！」

小冰箱忽然發出噪音，地板跟著微微地震動。我起床，由書架取下許久沒讀的羅素作品 *Unpopular essays*。

在搬來園區度過悲慘的第一年後，所有讀過的書我都不想再讀，因而嘗試性地拿出羅素翻看，沒想竟意外獲得心靈平靜。此後我很快看完書架上所有的羅素作品，還去買回原文，當作寶貝一般的讀。*Unpopular essays* 就是那時買的。我翻開一頁、二頁——前言的第一句話就吸引我。我奇怪，明明讀過，此刻卻像第一次看到。

一九五〇年四月，羅素寫下這些話，我在心中翻譯出來：

本書所收文章，寫於過去十五年裡不同時候。其中多數的旨趣所在，是對獨斷論的與日俱增，進行肉搏。無論那是右派的或左派的，總之是這悲劇性世紀一向有的。

我瞪著那三字獨斷論，感覺腦中正發生千千萬萬活動，把我扯向千千萬萬方向。糊塗了。我又是那位制服黏著皮膚，捏著書想找爸討論的女孩了嗎？但沒找到爸。我找到的是隨套房震動的自己。為了回應，我必須盡力想起某些過去。啊，清潔得發亮，穢色又黏膩的少女們。無神的雙眼，灰色又不見盡頭的走廊啊……

我十二歲，奇蹟地使自己不用再上鋼琴課了，因而自認掌握到命運的祕鑰，遂以「小孩不能荒廢體能鍛鍊，該自由自在地成長」為由，央求爸將我從知名卻沒操場的私立女中轉學。爸果然幫我轉學，且打聽到一所被政府選來推行教育改革的學校。在那所學校的右邊，是菜市場與連綿不絕的違章建築。在左邊，是一間出過諾貝爾獎得主的大學及其教職員宿舍。在當時，這個社會草根與學術殿堂混生的位置被教改專家們選中，原因或許與他們欲打破成績導向文化的目標有關。總之，他們為了在這所學校裡建立一個個智力分布平等的班級，要求孩童入學前必須進行智力測驗，他們好拿測驗成績作個人標籤，放入常態分布模型，再依模型給的結果分發班級。爸說這種作法只是一小步卻很艱難，因為，這可是挑戰社會在黨國體制下養成的文化啊。

不過，無論「打破」或「挑戰」等等詞彙曾對我暗示過何種自由與冒險，我在那所學校見到的卻是這樣：圍欄圈起整所長方形的校園，裡頭被嚴格地劃分為男生區與女生區。由大門入內，若是往右，則男生禁入，若是往左，則女生禁入。校長辦公室就在接壤男生區女生區、地勢稍高的位置，隨時能一覽所有動向。由校長辦公室向四周延伸出去的磨石子地長廊就像灰色骨骼，連接著福利社與所有教室，長廊上且不時出沒著一位禿頭的訓導主任。我看了看情況，希望再次轉學。然而不同於上次，我的嘗試失敗了，所以我只能在這所學校待下。

每天早晨，我得讓守在門口的訓導主任把瞪著老大的眼睛掃過全身上下，進門右轉，穿過一條很長的灰色走廊，才抵達那間散溢奶汗味的教室。課堂的無聊總使我不能忍受，於是我拿本書——只能找到沒意思的書——躲進廁所裡去。下課也是同樣的無聊。我與友伴踱步在灰色長廊上。福利社早已去過，我們再次去上已去過無數次的廁所。

當時，我人生唯一的光，是學校的音樂老師。一開始，我見老師穿著過於漿挺的襯衫與過膝裙，還密實地把腳用棕色絲襪包住，所以對她不怎麼在乎。然而，當我有一次看到，老師示範發聲，把手舉至額前，神情專注地做出了喔形嘴，她的身體竟被某奇異力量漲滿了彷彿浮到半空中去，一聲奇妙的音且就傳進我的耳裡，當那樣子的時候，我的心還是意外地受到震動。一時間，我懂得這是對生命懷抱熱情的人會有的樣子。我深受感動，此後竟擺脫鋼琴課帶給我的夢魘，週週期待上學校的音樂課了。

然而，音樂老師首次向全班播放歌劇的那天，卻也是這神聖情感破滅的一天。當時，激昂的女高音傳到每個角落，歌聲竄升，飆高，高到不能再高——是莫札特的〈地獄的復仇之火在我心中燃燒〉。這一首我還彈琴時媽偶爾在家中播放的曲子，此刻，竟也在這塊長方形荒漠裡響起來，一股沒預期過的童年溫馨就直衝上我頭，真要使我掉淚。此時，周圍卻響起窸窸窣窣的聲音。

一位女生扭動臀部，假裝被電擊。一位女生翻白眼、抖動頭顱，假裝是老師在示範發聲。我很快就明瞭到，她們那麼賣力，全是為了表演給班上的某一群女生觀看。那群任何時候都黏著彼此的女生，此時全憋住笑，在蠕動個不停。誰附耳向她們的老大、人稱小甜蜜的女生說話，小甜蜜就彎下脖子，渾身抖著笑得她渾圓胸脯都快撐破制服襯衫。我感到手肘被人撞了兩下。旁邊女生竊笑著向我用手指指騷動，好像在說：你看，她們無敵幽默的啦！

我很難過，不願但還是看了老師一眼。老師兩眼無神地瞪著她前方的虛空，像對什麼都已放棄，對什麼都無所謂。桌椅間已全是那可厭的空洞了。空洞無所不在，而我的心黯淡下來。我任發生的繼續發生。

一年過去，生理無視心理的猶疑，迅猛地生長了一段時間。有一天，我突然能忍受無聊。我走出廁所，猛然發現，周遭已是新的氛圍。我走在長廊上，會有不認識的漂亮女生朝我熱情地打招呼。我經過無人使用的特殊教室，會聽到暗處有人朝我大喊一聲「賤人」。而那個小甜蜜，那個總和跟班盤據在教室外，有時旁若無人地大笑，有時朝對面走廊率領一眾嘍囉揚長而過她的男人翻兩個白眼的小甜蜜，此時，也盯著我瞧了。

我不確定自己是怎麼被小甜蜜收進她那群裡的。似乎先是，我們有了場比平常更私密的對話。我因而得知小甜蜜只做一種運動就是跳舞，小甜蜜則借走一套沒再歸還給我的英文老歌專輯。再來是，小甜蜜邀我一同登上司令臺表演，齊唱她最愛的歌〈我只在乎你〉。當天，我與小甜蜜站在前排，兩跟班站在後排，都穿著特別由路邊攤買來的綁帶短上衣——小甜蜜還戴了副自己勞作的金紙耳環晃呀晃的——在全校師生的瞪視下，扯開喉嚨唱：「……心甘情願感染你的氣息。」那真是我整個中學時代的巔峰。

然而，小甜蜜的親近也使我迷惘。我開始會在下課鈴響時找不到原本要好的友伴，卻在上課後，見到友伴因我不明白的理由與小甜蜜對望微笑。那情景真令我孤單地想哭。卻也有相反的情形。有一次，隔天就是長假，我與友伴經過女生廁所，見小甜蜜和跟班們一面汲水一面大笑著潑向彼此，她們襯衫且在遠處男生的注視下迅速長出些粉紅色濕影，突然，她們之中有人朝我潑水。我大笑，也要去汲水，轉頭卻見友伴滿臉欲哭，才突然理解事情已對友伴造成傷害。

總之，在那所學校的最後一年，我對身處的社會結構，以及我在這種心理性結構所處的位置，都感到十分厭倦了。我和小甜蜜漸漸疏遠，以致當我經過小甜蜜黨的前方時，常可感到整排死魚眼盯在自己的身上。我數著日子，盼望離開。

有一天，天氣自清晨起就濕濕陰陰的。學校彷彿被一床巨大的厚被罩住了，蟲與鳥都躲藏起來，榕樹和麵包樹也垂下它們中年婦女般的臂膀，看上去可憐兮兮的。我與友伴每堂下課都懶懶地坐在教室，不想出去。到了下午，小甜蜜的跟班，一位圓滾滾的女生卻走到我們的座位邊，按捺不住興奮地說：「有大事要發生囉，快來看，小甜蜜要打人了。」我感到厭倦，友伴卻受寵若驚。友伴欲去，我則不願。友伴奚落我太孤僻，我不能受激，我隨友伴和圓滾滾女生前去。

我們來到學校頂層。頂層的走廊盡頭平日冷清，此刻卻擠滿了人。原來，幾乎全班的女生都來了。她們臉上擺出自認最世故的表情，圍著小甜蜜和她的跟班，小甜蜜等人則不知把誰團團圍住，人人臉上皆擺出自認最像大人處理事情時的嚴肅表情。我與友伴在距所有人約六、七公尺的地方倚牆而站。

「我沒有拿，沒有拿……」被圍的正在辯解。看不見人，我由聲音認出那是小甜蜜跟班中的一位。

「……不是我拿的，不是我！」被圍的重複說。

「妳還否認？」說話的是同那被圍最要好的女生，「妳以前就偷過我東西，妳最愛偷東西了，就是妳！」

「可是真的不是我，這次不是我，這次不是！」被圍的堅持道。

「妳真大膽耶，竟連小甜蜜的錢也敢偷。」有人說。

「我沒有，我怎麼敢，不是我，不是我嘛，不是我呀。」被圍的哀切地說。

「還敢說不是妳！」她最要好的朋友大罵。

「真不是我，真不是我嘛。」被圍的開始啜泣……

「妳快點把錢還我啦！」小甜蜜用嬌嫩無比的嗓音說話了。肅殺的寂靜。

「……可是我沒有錢，我沒有錢！」被圍的哭叫起來。

突然啪，又啪。兩聲巴掌迴盪在走廊上頭。

那被圍的瞬間就跳上女兒牆，跨坐在高牆上，俯視所有人喊：「再打，我就跳！再打，再打啊，妳們敢打我，我就跳下去！」

所有人呆住了。我只感到腦筋一片空白。

突然，好幾位女生驚急地往旁散開，圍牆上的女孩不見了。原來，女孩突然被人強行拉下，這會兒正跌坐在女生們的中央，從頭到腳都顫抖個不已。有人在尖聲說話，是那位圓滾滾女孩：「死，死，會死！我鄰居就是這樣死的！她回家忘記帶鑰匙，爬陽臺，摔下去就死了！我鄰居，我跟她感情很好！」

沒人發出一點聲音。

不知過了多久。

一小方又尖又嫩的笑聲劃開死寂。小甜蜜笑了出來。小甜蜜的跟班們也全都笑了。有人對圓滾滾女孩大聲說：「幹嘛啦，妳很好笑欸。」

小甜蜜起步，眾女生跟著。

當她們經過我與友伴時，小甜蜜朝我瞥了一眼。我驚訝地望著小甜蜜那張棕色而早熟的臉，那臉新散發出一種我未見過的金燦燦光輝，看上去真是生氣勃勃……。

當時，我如何面對那一切呢？事實上，我什麼都沒面對。我不能用從爸身上學到的世界觀去理解我親歷的現實，又不能馬上生出另一種世界觀來，所以我低下頭，在腦中數日子，盡可能地使自己生存到離開長方形校園的時刻。然後，我離開了。去了新的地方。又去了新的地方。我變得很擅長用學到的世界觀去解釋世界，卻不再好好地注視發生在我自己身上的大小真實，那些一試圖解釋就會顯露出矛盾的真實。

為什麼我會這樣？為什麼我抱著那世界觀，也就是我堅信是爸的道德情操但實際上可能只是我自己的獨斷論，緊緊不放？

難道只是因為我崇拜爸嗎？難道只是為了所謂的信仰神聖性？

又或者，原因是我害怕被某種世界圖像所擄獲。那圖像在聚會時曾被趙見生提出來過，但早在更久以前，它就已曖昧不明地存在於我的意識裡了。那是：世間被標籤為善或惡的都非善人或惡人，卻是力量才是認知世界的座標尺，只有「我們」、「他們」而沒有善、惡，而由於世界的資源有限，所以人們渴望力量，力量在人與人之間永不歇息地流動，只有這種力量的流動才是世間的均衡……

我也想著薈。繼我之後，薈也被送去那間位置特殊的長方形學校就讀，並在一年後開始使爸媽頭痛。當時，薈又怎麼對她自己解釋她經歷的現實？在那以後，她是否擺脫爸的影響，發展出屬於自己的獨立世界觀？

我想知道和我截然不同的人們在同樣情況下會怎麼做。我想去了解我尚不清楚的人類歷史。更具體說就是，我想效法吉朋的探究精神，去了解福音書中「神之子」行走的那個社會是什麼樣子。我放下爸的日記，動身前往那座附帶有一片綠油油草皮的大學圖書館。

十二、呼叫「神之子」

我聞著日久受潮的紙頁氣味，在稍動作便塵埃飛揚的幾架書之間翻找。兩個多月以來，我每週末至大學圖書館進行研究，已發現館內藏書很多，涵蓋的觀點還令人意外地多元，然而，我卻得向自己承認，要就耶穌所處的，或準確說是福音書作者所處的社會情況，找到關鍵又可靠的資料，不是件簡單的工作。

先說作為我研究起點的福音書吧。在決定聚焦於成書時間最靠近耶穌生活時代的馬可福音與馬太福音後，我卻發現，雖兩部書理應避免了越後世代越易誇大的弊病，情況還是比我以為的更為複雜。

馬可福音與馬太福音裡已充滿耶穌趕鬼治病的事例，顯示出，當時耶穌就是以此聞名的，名聲甚至使數千人跟在耶穌的身後請求治病。事實上，人們正是在耶穌成功地替人趕走鬼、治癒病以後，始喊出「神之子」的。在那個時候，耶穌所經之處彷彿全是驚惶又可憐的人們。

有一次，門徒因治不好某人的病而去拜託耶穌。耶穌治癒了那人，告訴門徒說，驅趕那種鬼要靠祈禱與禁食。假如我們接受科學已提的觀點，即祈禱與禁食能有效改變人類的身心狀態，那麼，我們能否這樣來理解福音書提到的情景：即那是一個具有極大內在力量的人對四周產生了影響？事實上，若回想自己的生活經驗就會知道，類似現象雖少，卻不是觀察不到。再進一步想，所謂鬼、所謂怪病，是否也只是人的一種身心運作？這麼想了以後，自然就得問：是什麼原因，使福音書裡的人們處於恐怖而渴望被治癒的身心狀態。

福音書裡描述情境的文字質樸而生動，讀著時，往往能對福音書記載的社會產生一種強烈印象。亡國威脅是常年籠罩著那社會的。此種態勢，在耶穌行走的時代已使三類人成為統治階級。一類是希律王家族，擁兵並親善羅馬政權，必要時能對人民動武。一類是祭司階級，世襲享有特權，卻似藏匿在雲的後方，偶爾才悄然可見。一類是文士們，因能詮釋猶太律法而受民眾尊敬。在這些勢力當中，文士組成的法利賽黨因標榜傳統律法，所以對人民尤其具有影響力。法利賽黨深入底層，實際上是以意識形態牢牢控制著民眾的生活。他們與祭司階級撒都該黨人對立，但在打壓新興影響力這事上，卻又同撒都該黨人合作。據福音書所述，當耶穌解除人們苦痛，並批評起那些利用意識形態之人的偽善以後，法利賽黨便對其進行精神上的攻擊：他們指控耶穌瀆神。由於神是那社會的民眾最倚靠又最畏懼的，所以此種指控極具殺傷力。

福音書在述說耶穌遭遇的同時，也隱約道出那社會的人們隨時可受指控，或隨時可被調動起來指控他人的緊繃處境。理解此處境後才能體會，福音書裡那些生怪病的求助於耶穌，而耶穌只說你的罪被赦免或我肯准你變好就治癒他們了的記述，背後可能蘊含有什麼意義。

福音書記載如此，但史料也指向相同的社會特性嗎？我在緊迫感下問自己這些是因為，我直覺到，若將福音書描繪的社會與「和平地獲得民主」的此地配合著看，其中個人困境有共通點，這麼做，可使人了解到種種事情。反過來說，以此地的個人困境來解釋福音書裡隨處可見的怪病，應該也很有用。

然而，兩個月過去，我的求知卻進展得不順利。雖然許多過往禁忌早已解除，研究自由早已提升，然而，學者們想在這領域有所成果，仍受限於他們能得到的證據。證據往往是片段的。欲將片段發展成完整的意義，有賴學者自身的判斷與詮釋。這意味著，學者們得出的意義難免受制於他們各自的思維模式。研究困難即在此處。閱讀德國新約學者的文章時，得留意宗教改革的思想框架；閱讀當代歷史學者的研究時，得留心破除迷思的標榜是否使他們詮釋得過於牽強；那麼，閱讀社會同時期的記載文獻就沒問題了嗎？卻不是。閱讀那些史料時，得留心記述者所在時代的世界觀、他的個人經歷、或純粹只是他搞錯了的可能性。而最後，當各種記述在關鍵處發生矛盾時，研究者又該怎麼去判斷，尤其該怎麼跳脫自己的主觀思維去判斷自己要採信誰的記述？這件事最困難，因為一個人就算再怎麼重視理性，還是很難意識到自己的主觀思維的啊。

種種這些都使我懷疑，一個人究竟能不能準確地得知過去某人類社會的內涵。我想起薈的那句話：人想獲救卻反倒是吸收了自身與群體的鏡像。也許，薈預見我此刻的困境。我開始想，如果移除自身對獲救的渴望，身體是否就能變輕，能飛上去，發現這鏡像迷宮的出口……。

這天，我就是以這種受困卻不願放棄的心情，在圖書館裡執拗地翻找。沒想到，找著找著卻瞥見，圓木桌區有一眼熟身影。趙見生著一身挺拔的西裝，正往前伸直腳，像枝筆管似的斜倚在椅子上方。我走向他。他原本在滑手機，抬頭見我，馬上顯出吃驚。原來趙見生在附近開會，一時興起，就進來圖書館重溫青年時他讀書的地方。因為薈的緣故，我見趙見生同家人一樣熟悉。我把研究的困難說給他聽。

「唔，妳想借鏡歷史。但妳想理解的是最敏感的一段歷史。找不到資料？那太正常了。」趙見生說，「當時吉朋只寫了基督教初期的歷史就引發爭議。若有人告訴我，一直有勢力想控制妳說的這個議題，我也不會意外。」

我答：「你說得是。不過，更根本的問題不是誰想控制這議題，而是我們根本就無法準確理解任何一個過往社會的內涵。我們甚至對自己的社會都不理解了。若因此留下不準確的紀錄，怎能期待未來的人正確理解我們？」

趙見生露出微笑說：「妳這種擔憂，正是歷史學的核心，也是挑戰。」

我真正的沮喪了：「難道真是這樣？難道我們永遠無法知道準確的歷史？」

趙見生答：「我認為歷史是拿來用的。我自己喜歡讀的歷史書，都是在讀完之後能幫助我決策。或許不一定完全符合當下現實，但至少可以放在腦中，依實際情況調整，久了以後，都會成為我的智慧。」

我想了想自己的情況，說：「我讀歷史書，最開心的時候是了解到人是什麼性質……」

趙見生眼神銳利地盯著我問：「像是？」

「像……福音書常描寫個人被文士指責沒守律法的事吧。我研究耶穌生活的猶地亞社會時，常想，當時文士們為什麼能左右群眾？或反過來問，群眾為什麼遵循文士？答案不能呼之欲出，得仔細思考文士興起的背景才行。」

趙見生顯出極大的興趣：「妳說的那方面歷史我還知道一點。猶太社會自從『巴比倫之囚』事件以後，不是一直由教士統治嗎？」

我答：「大致說來是的。那社會在經歷慘痛的『巴比倫之囚』後開始堅信，唯有遵守《摩西五經》，耶和華才會實現允諾，結束猶太人的苦難，而《摩西五經》明訂著具特定血統的家族，也就是教士家族，才能主持祭神儀式。這樣就賦予了教士極大的權力，使他們在很長的一段時間裡，擁有不可能被撼動的地位。然而，這種秩序後來卻起了變化。

「由史料大致可看出變化發生的原因。原本，教士階級因職務所便，除了在世俗事務上領導著整個社會，也享受由全國源源不絕輸進耶路撒冷的財富的一大部分。教士們因財富與社會地位，本就較一般人民更國際化，在波斯滅亡而希臘化政權興起以後，這種國際化就成了希臘化，因而嚴重牴觸到人民的心情。因為當時的民眾認為，希臘化政權是威脅民族的敵人，而希臘文化隨貿易滲透進生活，誘人觸犯律法，尤不可信。當賽琉古帝國強迫猶太人祭拜希臘神祇，而猶太教士卻沒站出來捍衛傳統律法的時候，民眾對教士的不信任終於也升到最高。民眾轉而尋求地方上替人解答經典疑問的人，也就是文士。從此以後，文士崛起。

「接連幾次危機使民眾堅定地轉向文士，文士對經的闡釋終於等同於律法。到了耶穌生活的時代，文士權力已經很大。當時，希律王殺掉猶太公會內大半的教士，文士法利賽黨得以進入公會，掌握起正式的政治權力。那時可是連公會裡倖存的教士都順應他們，因爲這些教士深知法利賽黨的影響力來自群眾，若不順應，人民就不會再容忍自己。這樣，不難想像那社會一般人民的處境是什麼。在經濟上，他們繳交財物以應付外邦和希律的搜刮，同時還供應教士們獻祭；在精神上，他們無時無刻不受法利賽黨人的督導與監視，任何舉措都得擔心犯錯，也常同其他群眾一起評判他人，社會彌漫著僵硬又流於教條的價值觀，總是非怎麼怎麼不可，不然就怎麼怎麼樣——」

我住口，因突然想到自己的人生，不能再說下去了。

趙見生態度輕鬆地說：「妳說的很有意思。雖然聖經故事普及，就算不是基督徒，也能說出有個希律王殺嬰，可是卻很少人知道法利賽黨是怎麼崛起的呢。」

我此刻的臉一定漲得很紅，而趙見生是在替我解圍。我望著這位不信善惡，其實性情卻良善的人說：「史料沒記載希律王殺嬰呢，倒是記下比殺嬰更鮮明的事情。希律在年輕時就仗著軍事才能，沒有輕易服從馬加比朝廷。後來，他掌權了。面對勢不可擋的羅馬共和，他積極交好對方的重要人物。這意味著在詭譎多變的羅馬內戰時，提供人力財力給最可能勝出的軍頭，並在押錯寶的時候有辦法向另一邊投誠。希律最危險的時候，就是他獻金給馬克．安東尼，安東尼卻兵敗自殺了。當時希律處境艱難，他卻仍製造出機會，贏得屋大維的信任。這是在外交方面。在內政上他也很有一套。他在國內搶奪政敵財產，推行羅馬競技，大興土木，這些都讓人民厭惡他。可是，他卻做到一件事，僅此事便使人民不推翻他，那就是堅決不讓外邦政權干擾猶太人民的傳統獻祭儀式。

「希律總被人說成是狡猾的僭主吧。但在當時，猶地亞面臨羅馬強權興起，卻也是靠希律富彈性的手腕，才得以維持獨立。我覺得應該去思考，在那社會、在那種時刻，為什麼是希律這樣的人才得以勝出。希律出生在以東。以東原不屬於猶太文化，是被馬加比王朝征服後才開始信仰猶太教的，在當時，可說是猶太文化中的邊陲地區。或許，希律因此不同於猶地亞的人，也就是說，在精神上，他沒受什麼與生存不相干的制約。我得說，我思考希律崛起的背景時，體會最多的，是那社會人們受到了多麼非比尋常的僵固制約啊。」

趙見生注視我，緩緩地說：「當一個社會有著強烈的執念時，個人會變得如何？妳是在思考這樣的問題吧。妳該與妳妹討論的啊。她很在意妳，因一些事無法與妳同調，拚命地讀完吉朋的書呢。我這次行程緊，沒告訴她我回來了。不告訴她比較好。我能力有限，不是什麼都能回應的啊。昨天我前女友被別人求婚了，打電話來問我怎麼辦。妳說我該怎麼回答她？這張桌子就是以前我與她相約唸書的老位置。我得努力一次吧。我不想讓自己後悔。」

我呆望趙見生，腦子消化著耳朵聽到的訊息。趙見生似是用這些訊息透過我向薈告別。突然，趙見生起身，他的身竟有些駝背，沒說再見，就走了。

十三、在一起

窗外，雨綿長地下。我打開門，王為樂走進玄關，放下滴著水的黑色大傘，蹲著脫一腳又一腳濕搭搭的皮鞋，然後站起來，用一對小眼珠拘謹地看我。摩天輪之約後，王為樂就回美國上班，沒再聯繫我了。突然打來電話時，人已又在此地，想作東請我們全家吃飯。媽知道後表示：「我們才應請他來家裡呢。」所以計畫就變成，我提早結束這天在圖書館裡的研究，全家在家款待王為樂了。

媽還在廚房裡忙，我與王為樂遂坐在飯廳裡，有一搭沒一搭地講話。我面對王為樂僵硬的臉，一邊想話題，一邊瞄向廚房。由廚房那扇微開的門傳出輕快的鍋與鏟相敲擊的聲音。媽遲遲不出來，心情倒十分地愉快。

媽端出最後一盤菜，一臉俏皮地端詳起來客。今天，她短髮吹得鬆鬆的，著一身粉紅色衣褲，簡直是青春無敵。王為樂連忙起身，結結巴巴地打招呼，堅持女主人不坐自己就不坐下。媽遂坐下，一面語帶歉意地解釋薈有同學會所以趕不回來。王為樂一聽，連稱了解了解，雖然誰看了都知道他是緊張地什麼也沒聽見。女主人緊接著指向滿桌的菜，仍要表示歉意地說自己就這方面不行。王為樂受寵若驚了。此後，他都先感嘆地發出一聲「啊」，才能講出他要講的話來。

飯桌邊的對話可以說是很熱烈的。

王為樂對媽的瑜伽事業表現出高度興趣。他詳細詢問學生人數、粉絲成長、證照考取、商業模式等等，最後嘆道：「我可以由任何事學到新的東西！」接著，為了回饋女主人，他熱情無比地分享自己的斷食經歷，那包括鉅細靡遺的胃腸每天會有什麼反應，斷食時人體細胞如何運作，以及他怎麼在過程中為自己打氣等等。女主人評論說為樂懂的真多，接著話鋒一轉，問他博士論文寫什麼主題。王為樂在分享斷食經驗時不介意聽眾正在進食，這時一聽，卻體貼起來了，稱自己一講專業就忘我，怕大家用餐無聊，還是不要講比較好吧。媽遂直率地問：「你為什麼念博士念了七年還沒拿到學位？」王為樂望著問話人不發一語，接著，他展現出一個寬容的表情說：「教授太需要我了，所以不讓我畢業。」媽一聽，立即不平：「那種欺負人的教授怎能讓他們待在學校！」說完並夾起塊肉，放進王為樂的碗裡。王為樂舉起碗，迭聲說不好意思不好意思，把整塊肉塞進了嘴巴。

此後，王為樂就情緒高昂了，開始說起自己真正的抱負。他說一般人看學術圈很厲害啊，但其實圈內風氣狹隘，不適合他這樣的人發展。他這樣的人？啊，是啊，他是個，怎麼說，這麼說吧。他曾讀了這本、那本、還有那本書，都是一般人不會找來讀的嚴肅厚書。讀完後，他就被開天眼了。不誇張，只能這麼形容。開天眼了，胸懷大為不同。從此以後，學術圈再也裝不下他。簡單說就是他有政治天才，只能到一個寬廣的平臺去發展。難道姚媽媽沒看過誰誰誰的傳記？偉人年輕時際遇與他一模一樣。偉人還寫過什麼書呢，姚媽媽都沒聽過？

我對於曾聽過的王為樂論調沒感到意外，媽卻像一位少女睜大了眼睛說，她當真沒聽過呢。媽且無比溫柔地舉起桌上兩盤水果：「來來來，吃吧。」王為樂看著胸前那盤晶瑩剔透的蓮霧、那盤紅得發亮的櫻桃，遲疑了幾秒，順勢抓起兩把，一下子就吃個精光。

送走王為樂以後，我幫媽收拾碗盤。

「怎麼樣？」媽問。不等我回答，她又說，「我覺得妳可以跟他交往看看。」

「真的？為什麼？」媽此前從沒對我交往的男生滿意，如今卻大大轉變了，真令我吃驚。

媽漲紅著臉說出一串話：「以前，妳爸與我沒喜歡過妳與妹妹的男朋友。但那不表示我們永遠不會喜歡。妳爸說妳們總交一些過分依賴妳們的男生。我就跟他說誰叫他自己總對我咄咄逼人，妳們是看到我們的婚姻才那樣的。妳爸聽了以後馬上變一張臉。可是他不能說什麼。他心裡知道我說的很對。」

我說：「妳應該搞錯情況了。」

媽急躁起來：「總之，我說這些是要妳別怕跟強勢的男生談戀愛。我知道王為樂看上去不是很討喜，可是——」

「我沒怕跟王為樂交往，我是不想。」

媽瞪著我，突然齜牙裂嘴了說：「妳哪有什麼選擇！」

我沒說話。

過了些時間，我恢復思考能力。我點出她邏輯上的謬誤：「媽，我不懂妳要我怎麼樣。妳是希望我就算不幸福也要找人一起生活？」

「我只是想要妳知道，我跟妳爸的問題不是因為他強勢。」

「那是什麼問題？」

媽頓了一下：「妳也知道，有一段時間，很長一段時間，妳爸對我的態度很糟糕。可是我們的情況……這麼說好了，我們的情況很複雜。」

我一直知道這問題敏感，但這會兒，反擊的慾望使我決心問下去：「到底怎麼複雜？你們總是避而不談。」

媽卻像是累垮了，只說：「我有一段時間沒去想這件事。以後再說吧，我真的好累了。」

對話就這樣中止。媽進她的房間關上門，我也進我的房間倒上床。

路燈照進我的房間，天花板都變成暗紫色的了。我望著暗紫色的天，腦中重複地想：的確沒選擇，落到沒選擇的地步，我是個失敗者吧……

恍惚中，作了個夢。

我躺在病床上，手臂扎著點滴。爸站在床尾，正朝簾子後方一位不見臉的醫師說話。突然，我感到渾身無力。我推測他們增大了打進我身體的藥量，正想開口問，床頭燈卻碰一聲的燒壞了。我心想難不成這是加大注射導致的斷電？一面吃力地發出聲音問，是否增加注射量又是否注射了類固醇。簾子後方走出一位白袍醫師。他向我保證，注射到我身體裡的絕不是類固醇。爸與媽急忙出去找人修理供電。醫師則走來站在病床床尾，不出聲地盯著我瞧。這位可疑的醫師身型精瘦、禿頭、雙眼圓睜睜的，我看著就覺得眼熟。突然，我認出來了。這就是我中學的訓導主任嘛。我瞪視訓導主任，想藉此表示他就算換上白袍我也還是能看穿他的，他卻怡然自得，彷彿一點也不擔心。

「怎麼辦？他們說修不好……」爸慌張地回來報告。

「看來只好換房間了，跟我來。」喬裝的醫師說。

我下床，推著點滴架，隨爸、媽和醫師往前走。我們經過一張張緊挨彼此、躺了人的病床，推開紗門又進到一間病房，經過一張張躺了人的病床。正就在這麼往前走的時候，我突然感到一種異常。所有病床上的人，他們的臉皆被粉紅色或天藍色的薄布罩住，原來全都是死掉的人啊。我催促爸媽趕快離開。我們接近紗門，即將推門出去，可就在這時，媽突然朝前倒下。我急忙拉住媽，想撐著她繼續走，她身子卻重得不得了，幾乎要由我手裡滑開。我使力一抬，將媽扛在肩頭，任她四肢垂掛在我身上。我們一同往前，但……

我在最緊張的時刻醒來。

躺在床上，我試圖理解夢的意義，卻不是太成功。另一方面，我不斷地回想起媽說「妳有什麼選擇」這句話時尖銳又嫌惡的語氣。

天色全亮。窗外鳥兒已大聲地鳴叫過並重新又恢復平靜，這時，手機響起。一看，是昨晚才一起吃飯的王為樂。我接起電話，本能地卯足勁發出最悅耳的聲音。王為樂說：「喂，我等一下接妳去午餐，三十分鐘夠吧？」

出門前，我上樓敲了敲薈的房門。薈昨晚似乎與趙見生見面而回來得晚，這時怕還在睡覺。她由房裡含糊地應了一聲。

我與王為樂一同來到城的北郊。此區過去以溫泉旅館和溫柔女人招徠在越南服役的美國士兵，如今則成了本地人養身與親子郊遊的去處。我們下車。狂風吹著，髮全黏我臉上，而我詫異又動情地望著眼前：好大一座公園，裡頭宛如海葵的一棵棵綠樹，全在風中發狂地擺動。遠望去，公園後方有群深綠色矮山，撐起了成堆成堆的白雲，白雲且往我頭上連綿過來，遮蔽住整片天空。這厚雲卻在右角破了個洞，金色陽光便穿過那洞，照耀在層疊的山巒上方。這些山巒由前往後，依序是青蔥色、帶些青苔的湛藍色、均勻的暗青色、飄渺的灰白色。刷刷刷，四周響著震耳欲聾的聲響。哐噹一聲，什麼東西被風吹起撞上了鐵板。我好像聞到雨的氣味。

王為樂領我沿公園的外圍走。我背倚強風，一面走，一面仰望頭上的榕樹枝幹在激烈地交叉舞動。我們往何處去？難道我能知道？我們往何處去？我心中滿是粗獷的詩情。啊，前方的男人腳步篤定，背相堅實。我能任風推吧，任風推了跟在這人的身後。

手臂、鼻尖感到幾滴冰涼。旋即，風更兇猛地吹，雨撲打在面上。路上人們紛紛走避。一位婦人站在摩托車旁匆忙地替孩子扣上安全帽帶。孩子聲音斷斷續續地傳來：「……媽媽，世界末日！」王為樂猛地止步，向我指了指一個枝葉茂密的入口。我隨他鑽進。

真是一條陰鬱的小徑。我像在夢中，一切模糊，清楚的只有前方領著我的背影。我隨男人走進一條更暗更窄的小徑。然後，他不走了。四周暗如黑夜，他轉身站定，朝我說了些話語。難道他打算在此繼續車上的話題？我訝異地想。不過因他說的是我感興趣的哲學性話題，所以還是很有興致地回答了。他不同意我的意見，認為是這樣這樣。我也不同意他的邏輯，認為是那樣那樣。男人笑了，但旋即，他沉下臉，不容置喙的說：「我很少能跟一位女生聊這麼多。我們真的蠻有共鳴的。可是我不想浪費太多時間了。妳的想法是什麼？要在一起還是不在一起？」

我不知怎麼回答。突然，天放晴了，這兒一串音，那兒兩聲啾的，眼前每一片葉子都顯出金色的輪廓，四周每一隻鳥都在唱歌。一切那麼美好，一切都不是偶然。我給了令王為樂與許多人都會滿意的答案。

十四、危機

聖誕節與新年都過去了。一月，我在公司食堂偶遇高顯達。他兩手端著餐盤，在我關心他時，頻頻移開眼望向那些去找座位的同事。我不耽擱他，見小熊幫我占了位置，就欲欠身借過。沒想到高顯達急猝地退後，下一秒時，他已拿著餐盤擋在下腹部與我人之間。他發出澀澀的聲音說：「妳在網路上寫那些……妳有這一面啊，我都不知道。」

我當時覺得莫名其妙。下班以後，我開啟公司外才能使用的連網手機，終於了解到怎麼回事。事情真使我吃驚地無法嚥下一滴口水。

情況是，我那兩則久遠的玻璃屋事件發文，突然在最近出現不知名的魔力，已激起許多人，張牙舞爪地乘著網路線朝我衝過來。在開頭，我還沒意識到正在靠近的那片灰暗是什麼，所以尚有心思觀察到一些細節：

舉艾菲爾鐵塔做例子就看出她的迂腐！

她是做作地說瞎話嗎？

要注意，最暗黑的就是他們的關係，如今終於被起底！……

經過一陣短暫的觀察，我意識到，這快速移動來我頭上方的是片蝗蟲之雲。我慌忙蹲下，尋找遮蔽。然而人的想像力是無所不能也無所不賦予能的，所以，蝗蟲還是一隻隻沿著數量比我全身細毛還多的想像力絲線，爬上我的身，啃咬我的眼、耳、鼻了。我感覺全身上下痛楚萬分，幾乎要昏厥過去。我試圖在混亂中定位自己，然而不成。所有我對世界的既存念頭一但升起，就又立刻自己把自己毀掉，皆喊著：錯，錯，錯！全錯！

這樣以後，認知系統自動而匆忙地製造出一些觀念，試圖重建一個世界。這匆促建構出的世界真奇怪。晚上，我聽到租處外有腳步聲由遠而近，會覺得是野獸在門外集結。白天，我出門走在大馬路上身邊有車陣經過，會覺得是坦克車駛過，它們且排好殘暴的陣型，升起槍，朝我瞄準……

我就那樣緊繃地度過一個多星期，然後才想起政翰表哥，我直覺我得去找表哥。

年輕人們圍著大桌，敲打鍵盤。每張向著螢幕的臉都是白皙而平滑的，散發出一種乖戾。表哥望到我，點了點頭，起身朝後方走去。他一推，白牆就無聲地現出一道縫來。我隨表哥滑了進去，發現裡頭原是間再平常不過的會議室了。表哥拉開椅子坐下，觀察我。

我向表哥描述我在網路上的發現，說了十分長的時間，就是說不出「我認為你是幕後主使」這樣的話來。最後，我望著這雙小時候曾溫暖我的圓眼睛問：「表哥，我該怎麼辦？」表哥盯著桌面，一語不發。

然後，表哥抬起頭，兩眼散發剛硬的光芒，說：「這是好機會啊。難道妳還不懂？」

我望著他，不明白。

他耐著性子問我：「逆境與順境有什麼不同？」

我愣了，表哥就自行回答。原來，表哥認為，我們遇到逆境時，要努力找到光明，這樣逆境就會成為順境，而我沒仔細看完所有評論，自然就不會找到光明。表哥接著問，難道裡面只有反對的觀點？就算全是反對的，難道不能梳理出有利的思路？說到這裡，表哥特意直視我的雙眼：「在這個時代，聲量就是一切。你不會被人在表層弄一下就痛得哇哇叫吧？不該這麼平庸。」

雖然我不確定是否該這樣順境逆境的來想整件事，但聽完表哥的話，我馬上感到一陣羞愧。我問自己，該勉強看完吧？自己回答，當然該，哪個責任妳沒擔起來過，難道這次妳不是勇者？然而，與自己一問一答以後，我卻發現視線變得更加混沌不明了。

表哥繼續說，他以多年的經驗可以肯定地告訴我，我現在形勢大好，只是自己不知道而已，現在經他提點，我知道了，就該有所作為，不辜負他才對。我沒答腔。在好一段時間裡，會議室只剩空調在噓噓作響。表哥瞪著我，臉同上次一樣閃過一抹嫌棄。不過，表哥還是改以和緩的語氣啟迪我說，在新世代中最突出的這位那位本都是些普通人，卻在隨機地遇到重大事件時，有效利用群眾的心理特性，把自己與重大事件畫上等號，才成為今天的一號人物。表哥話鋒一轉，回到我們的情況——是的，情況聽來已不只是我一人的了：「妳可以回去好好想想，但可別辜負我啊。要有所作為。不是誰都能遇到從天而降的大任，機會稍縱即逝，這不需要我再對妳強調了吧。」

我呆望著表哥。表哥的話一下子使我放心了，有安全感了，但我也想到，我不理解他說的有所作為是指什麼。表哥聽完我的疑問，整張臉是不想再藏的嫌棄，說：「妳要不是我表妹，我才不會花那麼多時間在妳身上。妳趕快振奮起來就會知道，從政參選哪，雖然辛苦，卻不是遙不可及的事。哎，妳振奮起來吧，否則大任怎麼交給妳呢？」

我在驚訝中理解了表哥的意思。表哥繼續審視我。

我吶吶地說：「我過去不是走這條路的，哪有什麼能——」

表哥打斷我：「妳怕競爭嗎？妳不怕嘛。那妳只需知道我們與他們全不一樣就好了。妳或許自認知道我在說什麼，但我確定妳什麼都不知道。任何人除非親眼看見，否則不可能知道。但還是讓我告訴妳吧。我博士後是在港市作的，所以，大爆炸我是親眼看見的。大半夜，一顆顆火球衝上天，天空全變成血紅色了，整條地平線在眼前燃燒，到處是難以想像的惡臭——我說的妳聽得懂嗎？那是好幾條馬路從地底下被炸開！報導下什麼標題？氣爆事故？妳得親眼看見，然後妳也會像我一樣不停地問自己：這種事怎麼會發生？人民不是已經拿回權力了？這種事怎麼還可能發生……」

表哥的臉精悍又冷酷，卻在說這些話時痛苦地扭曲。突然，他站起身，無言地望著我，我明白是告辭的時候了。我匆匆地離開這地下辦公室，一路上不停地想著表哥所說的話。

無論表哥懷有什麼目的，他的話聽來仍有道理。在我心裡過不去的是他最後突然露出的痛苦癱軟。

曾經我們在咖啡廳時，表哥要我看看四周，我看了，看到一個個年輕人駝背而步伐疲弱。那樣同情著四周的表哥，縱然外表已習慣顯出冷酷，其實靈魂深處仍舊是個情感充沛的大孩子吧。可是，會不會不知從什麼時候開始，他也變成了他所同情的人呢？而我，終於將世界看作是力量拉鋸的我，此刻不也駝了背，步伐沉重？

回到家，王為樂照時打來。

這一個月來，王為樂都是在我這邊的週間晚上與週六、週日下午打來。他總假定我一定會接起。有次，我開會晚了沒接，隔天，他就像患急病似的說話有氣無力。當時我吃驚他用情極深，心裡湧出一股甜蜜。然而，當天氣不再是太陽高掛時飄細雨還吹狂風的古怪，而只是單純的濕冷，也就是進入極平常的冬季時節時，我還是領悟到，先前經歷的沒什麼神奇，只是平常的季節交替而已。此後，我就跟天氣一樣蕭索，只是當電話準時打來時，還是會認命地接起。

這天，王為樂照舊絮絮叨叨地講自己的事。但突然，他住口了，因爲我心不在焉而高聲地質問：「妳今天是怎麼回事？」

我向王為樂略過表哥與我會面時大部分的對話，只試著描述當會面快結束時表哥那不尋常的模樣。

王為樂馬上表示理解，他用極富磁性的嗓音說：「妳想安慰他卻不知怎麼做，才會如此心神不寧。哎，換作是別人，也會跟妳一樣。妳不用自責，再想下去就是自尋煩惱。不過誰知道呢，或許我就喜歡妳這一點啊。」

二月的一個週末，我由園區回到市區的家。薈難得大白天沒出去，一個人在廚房裡忙碌。我進廚房看，只見薈煮了排骨湯，煎了雞腿，正將櫻桃番茄擺進一盤生菜幼葉裡去。

「哇，等一下有客人嗎？」我問。

薈抬頭看我。那張臉失去平常的粉嫩，此時泛著黃，看上去有些粗硬。

「沒有。我只是突然很想下廚。」薈答。

薈要我坐下來一同食用。我嚐幾口；雞太鹹、排骨湯沒味道，不是廚藝好的她會有的正常表現。

在餐桌上，薈異常地多話，且可以說是在自言自語。她說她不寫劇本了，說不定改行從事翻譯，因為她發現翻譯才真正決定人類思想的走向。接著，她又反駁自己說，現在連翻譯都要由機器來做了，那麼她真不知該從事什麼。我想插嘴，但她揚起眉，握住我的臂膀，像要宣告一件天大的災難似地說：「姊，這是人類把決定思想的工作交給機器去做哪。人類目前還無法預測機器翻譯的風險，能確定的只是要設新的把關機制，把關的少數人將成為新階層，擁有至高無上的權力……」

我知道薈此刻的言論，與她在這段時間裡說的其他論點一樣，同是熱切地閱讀《羅馬帝國衰亡史》的產物。然而，同是那書的產物，此刻我聽到的，卻與以往聽到的有根本的不同；它們苦澀地如同眼前她的臉一樣布滿黑點。我記起圖書館裡趙見生異樣的神情，心想，這兩人為何如此折磨彼此？

薈欲以全副精力說服我似地說：「姊，翻譯到底怎麼重要妳大概還不知道。我告訴妳，在福音書寫成當時的猶太社會裡，人們最普遍使用的聖經不是古希伯來文原文，而是西元前三世紀到西元前二世紀於埃及譯成的希臘文譯本《七十士譯本》。在這譯本中，〈以賽亞書〉對救世主作的預言包括有處女生子，但譯本中意指處女的希臘文字對應到的古希伯來原文，文意其實是『年輕、正適生育的女子』，這字是在翻譯成希臘文時，變成了後世讀到的那字。這是近代學者得出的結論。想想人們對耶穌生平的描述，妳肯定一聽就懂這裡頭含有什麼深意吧。

「再還有，《死海古卷》的發現已使學者們知道，在第二聖殿時期，猶太社會仍存有多種版本的希伯來文聖經，只是後來多數佚失了。另一方面，羅馬公教的拉丁文聖經是翻譯自《七十士譯本》這本身也是翻譯的版本，而廣在英文世界流傳的《英王欽定本》舊約則主要譯自《馬索拉抄本》，也就是西元七世紀至十世紀間猶太教文士們編定的希伯來文聖經。羅馬公教的版本與英王欽定版本在翻譯時使用的源頭既不同，又處於不同的政治背景當中，可想而知兩種版本的細部內容會有出入。但兩種版本在產出過程中一致的卻是，每個翻譯決定，都關鍵地型塑了後世教徒對世界的認知——」

突然，薈住口了，雙眼瞪得老大。她說：「這樣一想，其實藝術家也是翻譯了。他想表達世界長怎樣，人性為何，生命怎麼回事。他以為他在表達真相！然而實際上他只是透過個人的感官與意志，去感知想感知的與能感知的，再『翻譯』成可說之語而已，他且毫不擔憂過程中一定會發生的失真與錯置。所以說（薈指指自己）我也早是一名翻譯了，只是還沒掌握到權力……」

我抵抗薈膨脹得很大的苦澀黑塊，打斷說：「藝術家——不，任何人都不只像妳說的那樣。就算永遠無法獲得真相，人還是會為了逼近真相而努力挑戰自己。妳說過的啊，要把轉換思維當成實驗來進行。人是可能轉換思維的啊。」

「我說過那種話？」薈神情木然地答，「那一定是很久以前的事了。活越久就越明白，人幾乎不可能轉換思維。姊妳在一廂情願。但我是一個喜歡活在現實裡的人啊。」

我盡力不顯出訝異，但內心不能不想，不久前還努力想創造出一些追求新宗教人物的薈，到底放棄了什麼？

我倆默默地解決剩餘的午餐。接著，薈換穿成曲線畢露的紅色上衣，眼瞼塗上桃紅色眼影，漠然而無語地出門。我覺得薈變回那個成天在外流連的青少女了。

那天下午，照時打來的王為樂在電話裡聲音乾癟癟的。原來，他在教授家認識了出差到美國的政翰表哥，兩人因不少共同朋友而變得投緣，他且高興地發現政翰是我的家人……不過，這些都不是重點。重點是：「妳怎麼沒告訴我政翰要幫妳進入政壇？」

我像做錯事被人發現一樣，語塞了。

「他說妳還沒下夠決心，說妳還在想。怎麼樣？結果是？」電話另一方質問我。

「……我還沒決定……哎人民有自由是我爸的理想……我不知道……或許這是一個好方法讓我能真的做些改變……」我不知道該說什麼。

「所以妳並不排斥嘛。這樣的話，我看妳會進入政壇。」王為欒說完，突然語氣變得尖酸，「好啊，要競爭，我們就來競爭啊。」

我說不出話，感到困惑又震驚，最後只說：「那就掛電話了喔。」

這樣以後，我以為不會再接到王為欒的電話了，沒想到了隔天，手機還是按時響起。王為欒照舊不停地談論自己，但用的是跟過去不同的溫柔而沉吟的口吻，且似乎變得非常地在意我。兩星期後，他甚至要求打開視訊，把鏡頭轉這兒轉那兒的，要我看看他買的新餐桌、新沙發、新床墊。

「這些都是為妳買的。」他告訴我。

也許是因為情況轉變太急，也許是王為樂嗓音太刻意，總之，我突然厭惡自己這麼認命，遂對王為樂說出早該說出的決斷話語。王為樂沉默了一刻，然後簡短地說「是妳的決定」，掛斷了。

我呼一口氣，癱在椅子上。幾分鐘後，手機響起，一陣一陣。我拿起看，是王為樂傳來的訊息。

一條是：妳居然敢跟我分手？沒這麼便宜妳的。

一條是：妳喜歡上別人了吧？

一條是：大家都被妳騙了，但妳等著吧，我要告訴所有人真相。

一條是：我要跟所有人說妳就是個婊子，妳這個臭婊子。

我放下手機，渾身發熱發冷。我想果然此人最裡頭是黑暗的。我想如果他照他說的去做會如何呢。

過一會兒，手機又震動了，新訊息寫著：我剛剛是開玩笑的，我不會跟別人說妳怎麼樣，因為妳是明儀啊。

我想或許我與這個人曾有過感情，就算只是在很短的時間裡……

那天我早早上床，但睡得不好。隔天在公司，我無法集中精神，總被一種羞恥感煩擾、甩不開。我心想，其實王為樂說的沒錯。我一心想擺脫失敗者身分，假裝自己在談戀愛，的確我就是在騙他，我是個卑鄙的騙子！這真是我過去想也想不到的可怕領悟。王為樂生氣是很自然的。其他人呢，又會怎麼想？我感覺每個人都轉頭來，用爸那種揪起濃眉的嚴厲眼神瞧我了……

我試圖擺脫羞恥感。但對擺脫的渴望並沒使我得以擺脫，卻使我變得異常敏感，對一切人事物都要不停地確認；我要確認他們沒用批評的眼光看我，我要確認他們是認可我的。可這種敏感，只會得到更多憂懼。在會議室、大食堂，在路上，隨便一個眼神變化、一束臉部肌肉的跳動，都能使我立刻陷入絕望。

在最難熬的時候，我回家了，想找薈來傾吐。我見到薈，然而總是還沒說完，對話就得結束，薈就得趕著出門。我發覺薈似乎不想聽我說話。我心想，會不會連我妹妹也在心裡嚴厲地注視我呢……

有一天天亮時，我以奇怪的姿勢醒來。做的夢已忘，但渾身痠痛，頭腦裡只有一件非做不可的事情。想著這件非做不可的事時，我覺悟到，這是唯一能破解困境的作法。我是這麼想的：王為樂傳那些難聽的話不過表示他就是個小孩，被人羞辱了，所以要羞辱回去，但其實他對我有很深的感情，並不真的那麼黑暗可怕，而且我們還是有話可聊，我應該挽回他，放下偏見去發掘他的美好之處，我們在一起會幸福的。

這麼決定以後，我仍躺在床上不想要動。突然，我的左耳在抽痛。我想一定是昨晚挖耳朵得到中耳炎了，我得去看醫生然後吃抗生素的。突然，我的頭也痛起來了。我有朋友耳廓痛以為是中耳炎，結果看醫師被診斷是三叉神經出毛病，得吃使她變得憂鬱的藥。難道我太焦慮，導致三叉神經出毛病？我不是已經知道必須做什麼了嘛。

全身都很難受。這時，腦中出現一個熟悉的音調。

三歲時，曾有個落雨的夏日夜晚，爸還沒回家，薈還沒出生，我還沒每晚像做工一樣地練琴，一位雙眼細長的年輕女人把我放在小凳子上，她的身體好香好甜，她手指歌譜，一句一句地教我唱——

西北雨，直直落，鯽仔魚，欲娶某，
鮎鮐兄，拍鑼鼓，媒人婆仔，土虱嫂，
日頭暗，尋無路，趕緊來，火金姑，
做好心，來照路，西北雨，直直落……

我將媽多年前教我的歌一句句唱出。我唱一遍，又唱一遍。冬天的窗外淅淅瀝瀝，和三歲的那個夏夜一樣，落雨個不停。我假裝是媽在唱歌給我來聽。

在我被羞恥感覆蓋的日子裡，我聽說蕾成立了競選辦公室，打算進入政壇。告訴我的人是媽。媽看上去沒有開心也沒有不開心，只是提到蕾尚未獲黨內提名時，臉上出現擔憂的神色。我只想這是嫌我不夠積極的表哥所採取的行動，沒有多問。

然後，我得了感冒。在一個昏沉得輕易就可豁出去的日子裡，我拿起手機，打了那通不能再拖的電話。王為樂接起，聲調平穩自然。

「……你好嗎？」我問。

「很好啊。」王為樂聽起來成熟穩定，像個大人。

「最近怎麼樣？」

「一樣啊。」

「什麼時候會再回來？」

「……」

「啊，不過今年你公司一定很忙，我們這——」

「我有新女朋友了。」王為樂說。

我驚訝得說不出話來。

「猜猜是誰，妳也認識的。」王為樂語調愉悅地說。

我隨便說個名字，一個我們都認識的漂亮女生。

「她？我也希望是，不過不是。是妳妹，謙薈。」王為樂近乎得意地說。

沒兩下掛斷電話，我丟開手機，身體劇烈地顫抖起來。

我太震驚，太憤怒了。我想王為樂其實從開頭就是這樣一種人，我卻拒絕承認。可是薈，薈迴避我卻是為了他。突然，我發現耳朵與頭都神奇的不痛了，像什麼緊箍咒已由頭上鬆開。我試圖止住身體，決定到此為止。可這時，我心裡出現另外一種意識，新出現的意識也是一種領悟，使我不能就此為止。我領悟到薈離我而去了，而我不懂為什麼。

我把事情放在心上，又過了好幾天。有一天，我終於看出，雖然薈總表現出篤定的模樣，但她的大眼，那張嫩白的臉，卻偶爾會在細微時刻透露出迷失。她曾相信趙見生是她的門，門外會有答案。但她被趙見生拒絕了。那使她發生什麼變化？我想什麼變化也沒。她只是更深地陷入原本就處在的迷失當中，再次又是獨自一人面對那難以忍受的現實。但我能對她說什麼？我，我與她一樣。我們都是迷失的人哪。

十五、S還是N？

五月，氣溫漸升，爸的第一個忌日過去了。七月，媽去澳洲指導瑜伽工作坊，上飛機前特地打電話來交代我抽空去看看薈。我沒拒絕，卻也沒行動。然後是八月，我接到一封來自政翰表哥的郵件。表哥似乎是在很疲憊的狀態下打出那封郵件的。他告訴我，籌備處情況並不好，最具熱誠的年輕人都離職了，連他自己也不一定撐得下去。

表哥迴異於我印象中的憤青態度，在信裡這麼寫下：

……謙薈常常對我們說要make things happen！可是她對政治這項活動的本

質卻心懷厭惡。這樣子，到底要怎麼「讓事情發生」？她無謂的堅持，或者該說是驕傲，嚇跑了我好不容易找來的資源，也搞得團隊人心忿忿。然而沒人敢對她說眞話，因爲她聽不懂，此外還在道德上鄙視別人。眞的很可惜，這麼有潛力的一個人啊。

在信末，他則寫道：

……如果妳有空，請幫我勸勸謙薈吧。我現在發現，妳們的內在有些部分像極了舅舅，只不過，妳是舅舅乘兩倍的程度，妳妹是舅舅乘十倍！當初我很生氣妳不積極，可是現在我學到了，只能說，有些事是勉強不來的啊。

收到信的隔週，我聯繫薈。薈說自己很忙，不過，兩週後她還是答覆我，能在緊湊的行程中安插見面。

薈約我到一間頗具規模的宮廟。當天早上，太陽高照。我等在暖烘烘的廟前廣場，聽廟裡正在進行著一場祭典。突然，一輛黑色箱型車猛地煞車，車裡跳出了薈。嬌小的薈套了件強調雙肩分量的鐵灰色外套，活像頂著一副鐵盔甲似的。薈朝我匆匆走來，示意我隨她進入那座宏偉的廟門。

簡直像走進一間醫院。這廟由巨大水泥柱撐起了挑高的屋頂，內有迴廊，有各種小間，再裡還有間大廳，全被人擠得水泄不通。頭頂上，有廣播在大聲地響著，說話的男聲語氣強硬，仔細一聽，原來是在對香客下指令。這種情形卻沒使現場任何人表現出不快。人龍幾圈幾圈地繞，緩慢又有秩序地往前挪移。薈熟練地領我接上隊伍，接著拿起自己的手機忙碌。我朝四周觀察一番。

緊跟在我與薈後方的是兩位銀髮男士，一位尖臉，一位圓臉，面容都十分斯文。只見那尖臉的對圓臉的說：「如今M黨只能跳癩蛤蟆舞吸引人了。」

圓臉憂愁地答：「跳舞就跳舞，可是M黨把那種舞叫作W黨執政的總結，在造勢晚會跳，在網路影片裡也跳，真正可惡。現在慘了，他們民調居然升高哪。我看W黨情勢不樂觀。」

尖臉的大聲地鼓勵他朋友：「M黨是黨國餘孽，再怎麼樣也沒影響力啦。」

圓臉的沒說話，只是不住地用手揉臉。然後他放下手，剛被揉開的憂愁馬上又回到臉上，說：「批評不了就跳癩蛤蟆舞嘲諷W黨，但W黨是人民選出來的執政黨哩。這是在侮辱民意嘛。民調怎麼還能上升呢？」

尖臉的大聲道：「民調也可以用做的啦，不然當今誰還支持M黨呢？當初跟黨國總司令一起逃來的人早就移民或者老了嘛……」

我吃驚地想，這些不久前我會覺得平常甚至親切的對話，此刻為什麼聽來很荒謬？我想起爸在日記本寫下：「彼時政治將正常化，政治不會再占據一個人的生活。而人人都能學習真正的知識，發揮各自的天賦，盡情地投注在各行各業，成就自我。」我領悟到，說這話的是一位淳樸到無可救藥的人。爸那麼自信，世界卻早已朝和他預料相反的方向去了。而我，我又能說之前的自己知道什麼真相嗎？

這時，薈迎向一位西裝男子。男子熟稔地向薈交代事情。

我注視男子詭譎的神情、微反光的西裝、西裝下透出一隻豹的肌肉形狀，認出男子是曾在爸告別式上發兩張不同名片又裝作不認識許淳一的那位前助理。我不知道他是不是很有影響力，不過，此刻他每一個動作都在向人表明他很有影響力。男子轉身，沒入人群裡了。我有意詢問薈，薈卻像一只長久未拆而透明封套已呈現灰霧因而看不清臉孔的那種白瓷玩偶，又拿起手機忙碌。

我在心裡琢磨。有很多問題要問薈，但我真正想問的是什麼？剛剛那人是誰嗎？不，那不重要。是薈為什麼要和她不可能愛的王為樂在一起嗎？不，我很清楚一個女人可因數不盡的理由與不愛的人在一起，只要她偶爾會陷入絕望。那麼，是薈已猜到爸突然不再寫日記的原因，也就是猜到她參選會遇到什麼，為什麼卻還是坐上表哥的戰車嗎？或許是。可是對這問題，我應該也快知道答案了……

我隨薈一站一站地照指令動作，忽然間，看似複雜的祭拜就完成了。薈交代我在大廳等著，自己進廟方辦公室談事。我等了許久以後，薈才回來。我們一同走出廟門。當我們走到廣場上時，她終於有空和我說話。我想起表哥拜託的事，心裡猶豫著，最後決定只問薈當時為什麼選擇參選。

薈沉默半晌，似乎變得異常憤怒，白皙額頭都冒出青筋來了，說話聲量卻仍是低低的。

「姊，妳還需要問這問題嗎？是妳自己想替爸建立歷史地位的啊。妳開的頭，自然得這樣結尾，難道妳自己沒預想到嗎？啊不，妳真沒法預想。妳以前那麼有音樂天分，可是後來呢，妳好像故意要忘掉靈性，好讓自己看起來粗糙，為什麼？但既然已經做了，就做足啊。我就是不想妳做事又虎頭蛇尾而已，怎麼樣？

「如果爸還活著，看到我參選他會怎麼想？他真的不想參政嗎？我看未必吧，不過我與他不親，所以我也不知道。我曾經很努力的，最後還是無法讓他為我感到驕傲。當然他們說他們分工照顧，媽照顧我，爸照顧妳，但我也需要父親啊。可惜，他沒機會看到我參政了。但妳等著看吧，就算情況再不可能，我也會貫徹他的理想。

「我知道妳在心裡評判我，我知道好多人都在心裡評判我，但我才不受影響。人要走就走吧。他們評判我，我同樣可以評判他們！」

薈這麼說完後，就撥通手機叫公務車來了。

媽在夏天快結束的時候回來。我與她難得一起吃午飯．聊沒多久，她就以母親的本能察覺到我在婚姻之路上的失敗。她一改口氣，粗魯地說：「這樣，我看你去凍卵吧。我朋友女兒一過三十就去凍卵了。妳不要等到三十，越年輕卵品質越好。妳不結婚至少要生孩子。」

我心想，難道人來世上只為產出更多的人？而被產出的人其生存目的又只是再產出更多的人？這樣的世界真熱鬧，真機械，真荒蕪。我什麼也說不出來。

媽自顧自地繼續說：「……女人一定要生孩子。結不結婚是其次，但女人要生孩子才會幸福。妳自己有孩子就會懂了。」

媽不只提議，事實上，她立即手腳俐落地與醫師約好諮詢，且堅持陪我同去。當天，我們與許多年輕女人在診間外等了近一個早上後才被叫號進入。媽急切地問醫師問題，那位臉寬耳闊，看來事業生活同樣風生水起的醫師則一概直面事實地回答。

「打針、取卵、冷凍呢，這些程序直截了當，不必擔心。取到卵數的多寡嘛，這不是唯一要關注的，因為受孕還需其他條件配合，包括卵解凍後能不能受精，受精卵能不能發育成胚胎，胚胎植入母體後能否成功著床。通常最後這項是關鍵，可透過增加植入胚胎的數量來提高成功率。妳問我萬一懷多胞胎怎麼辦啊？一般不擔心這個，有些人甚至想懷多胞胎一次解決呢。實際情況是，胚胎植入以後，必須經過一段優勝劣敗的淘汰過程，最後常只有一顆胚胎會著床。另一方面，每多植入一顆胚胎，就能多幫助一點母體子宮更適於著床。因此，我通常建議病人植入年紀容許的最高胚胎數。」

也就是說，同在我體內我自己的受精卵與受精卵之間，為達成它們內建的目的，也必須互相競爭嗎？意識到這點令我震驚。

但為什麼震驚？有什麼稀奇的？撇開現代醫學造就的情況不談，任誰都應該熟知，哺乳類自然的受精過程正是場最激烈的競爭。事實上，每個生命都是在激烈競爭後才能誕生。至於那些失敗的精子失敗的受精卵，它們不像人在爭戰中失去生命，不，比那還慘，它們是連成為生命的機會都沒有了。

可另一方面，一顆胚胎失敗了，它為競爭所做的努力卻能幫助其他胚胎成功，而失敗胚胎做出貢獻卻不是由於道德感，而是沒選擇，只能這樣，必須這樣。全是大自然運作的規則。

如果擴大到人的層面上去呢？

我沒法再想了。我不願碰觸的那世界觀終於還是降下來，罩住我，把我封在裡頭。我望出去，看到的只是這樣：一切都是力量在衝突與消長。世界向我裸露出它荒蕪的本質，因為這是早已昭告過的必然，而我不能再心存幻想。

我獨自回到園區，好不容易撐到就寢時間才上床。可是在那之後，我就下不了床了。

我在床上想起過去種種。我想到，已經不知有多久，我總是在命令下行事。發號施令的不是誰，卻是我自己。總司令姚明儀發號施令，要不符合明儀律法的人都走開。總司令姚明儀發號施令，要姚明儀自己應當嫌棄自己的部分都消音、不見。我是我自己的黨國總司令，為了遠離力量遠離惡，為了被愛！

姚明儀對自己發著徒勞無功的命令，真是可笑。現在，姚明儀在新的世界觀裡不會發號施令了，可然後呢，又會怎麼樣？

在湯瑪斯．曼的《魔山》裡，塞登布里尼總試圖要他人樂觀地相信人文主義的理想是達得到的，可他自己卻常不經意地流露出悲傷。而那夫塔只信力量，一說話就讓人驚覺是真相，可他散發出的是強烈的苦澀。塞登布里尼儀態尊貴，那夫塔長相醜陋——到底那夫塔是先長得醜陋才被生活折磨得什麼都不信只信力量，還是先崇拜力量所以越活越苦澀也就越長越醜？而我，也要往只信力量的那夫塔那邊去了嗎？難道一個人若不是悲傷的S，就是苦澀的N，只能在一維的兩極間作選擇？

躺在床上時，我也想起中風前剛收掉貿易公司的爸。那時，我有半年沒回家了。回家過年，發現爸無論在白天或晚上總坐於沙發盯著電視機看。他臉上已無多年前在老家拔草的銳氣，反而常帶著不適合他的茫然所失。我陪著他，但我一說話，他就發怒。他不斷重申自己的看法，措辭嚴厲而好鬥，彷彿我是他鄙視的敵人……

我還想到，在過去，我只因承認死亡會來就以為知道死亡是什麼。那真是自大又膚淺。我不知道死亡是什麼。不過，或許無所謂知不知道。或許死亡只是一種定義，是每個人終得自己決定的定義……

請假結束，我又回去上班了。但我不再和同事到食堂用餐，常草草地解決午餐後立刻就埋頭工作，對一切變得認命。我一直沒能決定自己要當S還是N。我或許想等到實在承受不住生活了才作決定吧。總之，我像隻受驚的兔子動也不動。然後，就接到媽告訴我蒼不見的電話了。

接到電話以後，我以最快的速度坐上巴士，並在車上聯繫了政翰表哥。表哥以壓抑的聲音告訴我，團隊幾乎走光以後，蒼也威脅要開除表哥，只是沒想到表哥沒走，她自己倒是先不見了。我想既然表哥也沒線索，只能等見到媽的時候，再商量對策。

我回到家，發現裡頭靜悄悄的。一會兒後，樓上傳來搬移重物的聲響。我上樓，來到蒼的房門口，見媽正專心地在清掃蒼房間的地板。

媽一心一意地忙碌，直到地板都乾淨地發出微光以後，才意識到我。她對我說她報警了。

「需要我幫什麼忙嗎？」我問。

「不需要。」媽說。然後，停頓一會兒後又說，「妳也可以留在這裡。」

我蹲下，望著媽打開薈的抽屜，查看那些照片、筆記本、旅遊紀念品、兒時獎狀等物。接著我與媽一起由衣櫃拿出薈的衣服，一件件摺好，再整齊地放回原位。在進行這些事時，媽偶爾會凝神望著某物一段時間，然後才將此物小心翼翼地放回。我理解媽盡全力想找到線索。然而，跟隨媽凝視這些稱不上線索的過去物品時我卻意識到，小時候一直跟著我轉的小妹妹薈比我以為的更複雜，更掙扎。再多的線索也不可能使我理解她甚或是任何一個人的，除非我根本地改變自己。

我想到必須去問那個人，但又怕忤逆媽的情緒。我望著媽，媽也望著我。突然，她鼻頭與眼眶紅了，語音顫抖地說：「是我不敢面對。去問吧，早該去的。去問妳妹妹的朋友趙見生吧。」

十六、深門

趙見生與我約在他父母家附近的貝果餐廳。那餐廳我在許多年前去過，抵達時發現，餐廳裡的樺木桌椅更舊，顧客群也變了。我心中生出些感觸。餐廳所在曾是整座城市最奢華的一區，因此餐廳開幕時，馬上吸引來各城各縣的時髦人們，從早到晚聚在此處品嚐貝果。然而，隨著一六八大樓建成，高級商店一間間搬到摩天樓四周以後，這區就沒落了，徒留下貝果餐廳，供不想開伙的里民一個去處。現在，餐廳不復往日盛況，卻終於悠閒的像間貝果店。店裡都是些裝束輕鬆的老人們。上個世紀的榮光使他們舉止仍具派頭，只是神情內斂，人也沉默。

我在窗邊找到了趙見生。趙見生替謙薈轉達，要我們不用擔心，又說他個人認為，謙薈準備好後就會與大家聯繫。

我鬆口氣，走到餐廳外打電話給媽。然後，我回到座位，問趙見生：「謙薈住你那裡？」

趙見生答：「她有自己住的地方，我也不知道在哪裡。……你們一定很擔心吧。不過人呢，有時候需要空間。我不打擾她，都等她主動打來。」

我凝視眼前這位曾使薈讀完整部吉朋著作的男子，他看上去並不像是與其他女人幸福快樂的樣子。我不禁問：「到底怎麼回事……」

趙見生敏銳地看我一眼，沒直接回答，卻說：「雖然作法有點粗糙，不過，逃離對她是好的。本來，她放掉劇本寫作就是沒想清楚——明儀，妳心裡認為她會這樣是我的緣故吧？我一度也這麼想，但後來不會了。在這時代，意識形態已經把它觸及的都變成載體。我該對她的行為感到訝異嗎？甚至是我該負責嗎？我能負什麼責？她不能真正理解我不是她的錯，但，難道是我的錯？」

趙見生所言觸及很廣，我一時答不上來，只能說：「她很努力想理解你的，她受你影響那麼大——」

趙見生打斷我說：「是嗎？恐怕努力也沒有用。現在誰掌權，誰就回頭改寫歷史，沒人願意聽到真相，說出真相就會被討厭。批評W黨的統統被說成是國民公敵，而我這種人也被人下了標籤。可是我又沒做錯事，為什麼要在自己家被當成敵人？」

我吃驚，試圖理解趙見生講這些話的背景，同時我也有想說的話。我說：「這裡的人不是被W黨的意識形態牽著走的，而是經歷太多不公不義，太多折磨，長久被不合理地壓抑，總有一天終要發洩出來。」

趙見生反問：「所以這些人是在報仇？把仇報在無關的人身上？我自認問心無愧，從小到大沒受到什麼優待，若說與旁人不同的，頂多是家裡書比較多。」

聽著這些話，我突然領悟趙見生和我是活在兩個不同世界裡的人。我變得有些激動：「你會這樣想是因為，發生在這裡人身上的許多事你從來就想像不到。許多事不會發生在你生活的空間裡，許多地方你從來不需要去，許多歷史你從來不知道存在。但這裡的多數人，如我父母、他們的父母、父母的父母，在過去一直是被強勢的異文化統治的——無論你再怎麼舉證血統或歷史淵源都不能否認，經歷近百年的隔絕，且是劇烈現代化的百年，M黨退兵到此所帶來的文化與此地熟悉的文化已經差異很大了——被異文化暴力統治的人就像是那個有名實驗裡的白老鼠，長時間受到隨機的電擊，籠裡卻不存在老鼠可自行關閉電擊的裝置，他們心裡有巨大的無力感，太痛苦了，終究得向某處施力才能緩解那苦。但痛苦必然也會傳給下一代，使下一代像多長了一個器官，那器官不間斷地分泌出痛苦之液……」

趙見生彷彿被我的情緒感染了，卻還忘不掉某些刺傷他的事情，嘴扭曲起來：「但人會自衛。他們這樣做，只會逼使跟我一樣的人全都武裝起來！」

我望著趙見生善良而腫脹的臉，猶豫著該不該問那尖銳卻必然的問題……

「我可以問你一個問題嗎？」

「什麼？」

「當初，你爺爺為什麼選擇追隨老總司令領導的M黨？難道，那又是看見真相？」

趙見生頓了一下，回答：「我們不是全認同軍事獨裁的。那是違憲。我們相信的是國民革命，是科學、進步，是民族獨立自強，是富國強兵。」

「但『你們』就沒意識到，那時追隨的統治中心根本達不到他們所標榜並藉以行使獨裁的『理想』？」

趙見生擺出具攻擊性的姿態，聲音悶悶的說：「國際情勢變化那麼快，到後來，還有什麼選擇？如果換作是妳，在那位置上，妳能做得比較好嗎？我爺爺一開始從軍是為理想。到後來，作為軍人，他只能服從上級領導，那是他的職責。」

我問：「那樣不是很矛盾嗎？我是說，那到底是一種什麼樣的存在狀態？」

趙見生繃緊臉，口氣粗魯地回答：「就苟活嘛，人不能苟活嗎？」

我已不再驚奇人們能灌注多少精力在相互傷害，然而現在，我思索起這樣的一類人：他們理性而溫和，當社會鬥爭起來時，上身的標籤恰好是屬於被一面倒稱為正義也就是勢力強的一方的。這些人的內在狀態是什麼樣呢？

我必須思考這樣的問題，否則就會無法理解活在同個地球同樣歷史中卻經驗到事物不同面，因而站到對立方去的人們。也會無法理解我自己了。

而我能嘗試理解的不過是自己一人。事實是，若不是有意識地往自己深處挖掘，我根本不會在別人貼我「正義的」標籤而標籤描述還符合我內心情感時，想去了解自己是處於何種狀態，因為這狀態就是一種理所當然，一種便利，一種放鬆。而就算有時，我感覺到某種矛盾隱約地存在於某處，也不過難受一下，就讓日常生活沖淡我的感知。我不會自覺到，我其實並不了解被貼對立面標籤的人們，各個都具有什麼不一樣的實質內涵的。

趙見生所說的苟活，是否也含有這種便利？當時，正義標籤貼在那一群人身上，因此那一群人便得生活在精神便利當中，不需質疑便利從何而來。然而，詞彙定義總是流動的，因此「正義」在群眾之間轉移，而未來還會繼續發生轉移。

卻是那移轉的特性使追求安全感的人們總得確定上身的標籤是正確的。於是，在關鍵時刻，人們全被激起，捍衛身上的標籤彷彿在捍衛自己的血肉、自己的靈魂。一場「我們」與「他們」之間的鬥爭不會停了。然而，在定義僵固的「我們」、「他們」的疲勞轟炸下，人們還保有自我嗎？人素樸的本性難道不是，當一個人對他好時，他就視對方為「我們」？還是說，人分辨不出誰對他好、誰對他不好，他的雙眼被蒙蔽了，因為他恐懼，恐懼失去自由，恐懼成為他人的奴隸

（卻不恐懼成為恐懼的奴隸），因為他必須成為統治者？然而，為什麼人活在世上不是當統治者就是被奴役？要對這個世界抱持希望啊。最具感染力的希望不正是：成為統治者的人不會去奴役別人？啊，但那正是一種最典型的「末日觀」。事實是，就算不去議論那些喊著打倒邪惡的人後來會不會變成他們最初要打倒的對象，這種末日觀仍有蹊蹺之處：人們毀去自己認定的邪惡以後，真能得到救贖嗎？

彷彿由另一個世界傳來的另一種存在，我聽到趙見生用恢復平靜的音調說：「不，不是苟活。我爺爺生前還是相信什麼。人一定要有信念，否則怎麼走下去？」

我瞪著他，同時也瞪著腦中絮絮叨叨不可解的想法。

告別趙見生，媽的電話就來了。媽恢復平常的精神，溫柔地對我說：「回家來吧。」我回到家，媽雙眉舒展地迎上來。我知道她想聽趙見生所說的全部細節。我坐下，等茶泡開，一面說重點使媽放心。然後，當該說的都已說完，我決定不再逃避。我單刀直入。

「媽，我小時候妳為什麼嫉妒我？」問題不是第一次問，但她之前的回答是「啊，我當時就是個痛苦的女人」，意思彷彿說由於她痛苦所以任何事我都該原諒她，以致多年後我必須再問她一次。

媽看著我，表情吃驚又困惑，說：「什麼？我怎麼會嫉妒妳？」

這下換我困惑了。但我仍繼續問：「妳為什麼總對我說那麼難聽的話，好像厭煩生了我？可不正是因為我的出生，妳才得到了妳非要的東西？我說的是妳與爸結婚嘛。」

媽聽完彷彿很震驚。她沒說話只望著我，臉彷彿是片沙丘，沙丘上出現著雲快速飄過的棕色影子。

媽把臉轉開，我看不清她的面容。

媽終於回答，我望著她少女般的徬徨臉色。

「當時妳爸爸、妳爸爸常常有需求。我如果不答應，他心情就變得非常不好。我那時候總在擔心，而且我那個來又不是很準，所以，好幾年我活在恐懼當中，沒有人可以講。有次檢查時，醫生說我懷孕了。以後回想才知道，那個醫生應該是搞錯了，是我也被騙了。」

我把臉埋進茶杯，鼻梁邊迅速凝結出一圈水滴。

就算我不像薈一樣寫劇本，以普通常識也知道，這會兒聽到的，爸有需求而媽活在恐懼裡之後感情生變但又糾葛不清突然以為懷孕的場景，是比我一直認定的，媽設計爸使她懷孕的場景，更可能發生。媽總是有話直說，卻把這祕密藏在心底近三十年之久。我試圖感受媽的心境，一面憶起當時與爸散步的情景。

我問爸，是婚前只發生那一次就中了嗎？爸低頭望著腳，小聲地嗯一聲作為回答。我心目中完美的爸不想騙我，卻還是欺騙我或誤導我了，因為他不想讓我看到他的某些面向，因為他害怕他愛的我會在心裡評判他。我突然明白，在欺騙的背後，在人類社會種種的「不道德」背後，存在著多大的苦衷。或許不是善也不是惡，而是苦衷，才是精準描述生命存在的詞彙。爸，媽，薈，王為樂，高顯達，政翰表哥，趙見生，我。我們都一樣，全帶著苦衷。突然，我感到胸中前所未有的輕盈。我意識到長年盤據在腦中的善惡之別、敵我之分、切割之必須、相互衝突的解釋，所有自責與指責，全在一瞬間消失了。我清醒地意識到沒有巨人，只有我自己，只能依靠自己，只需依靠自己。我意識到原來人不是神的時候才具啟發性。在我體內，彷彿有種新的生命力，正源源不絕地湧了出來。

我凝望眼前這位兩眼紅腫、臉龐還像少女的女人，第一次看到，在當年男尊女卑的社會裡，她可能以其女性身體經歷了哪些情緒起伏、情感拉扯。忽然間，那幾次她在巨大壓力下發瘋似地對我說的，刻在我腦內的一些話，都顯出迴異於我曾以為的新的內涵了。那些話且瞬間就像瘡掉的痂，由原本扒緊我腦中的地方剝落下來。我明白，我一直打心底深愛著這女人。我也明白，把我緊緊繫在女人和爸身上的他們的意志之線，正在融化。

我告別媽，出了家門，沒特定目的地的行走起來。期間我接到高顯達彆扭的簡訊：「最近怎麼樣？」因而想到圈禁人的從來不是園區，而是人用園區來圈禁自己。我想，過些日子我或許會搬離園區，雖然搬不搬已不重要，而是我要過起自己的人生。

我一直走，一直走，直到我發現自己又站在曾經每週末都來的大學圖書館前，腳下是柔軟翠嫩的草皮。天色昏灰，似乎只要再多一點點水氣，就會下雨了。

我感到異常地疲累。正躊躇是否該進圖書館躲雨，四周卻突然明亮起來。我抬頭。天空中前一秒還黏滯成一大塊的雲，現在全鬆開了，一朵朵的，白茸茸的，像舉行嘉年華會那樣的歡樂。我望向圖書館。圖書館的頂端被陽光鑲出莊嚴的白金色線，圖書館前方那排杏樹，正在射出些亮晶晶的銀粒。

我往草地坐下，閉上眼。

空氣清新。泥土與草的香味柔柔地滲進我的鼻、我的身。我的身是土，也是草，是鳥兒歸巢的鳴叫，是各色波紋，是飛濺的水花，千變萬化的呼吸。然後，我不覺香味了，也不覺聲響了。只有呼吸，每一口氣的切面都清清楚楚的，像永恆，也像……

時間不知過去多久。

我重新睜開眼。

大地喳喳，隆隆。啪，一隻翠綠的蚱蜢由我前方跳過去了。一切是那麼地溫柔。

有人越過草皮，唰唰唰地朝我走來。兩位身軀可觀、臉撲白粉的婦人低頭審視著我。其中一位扶了扶金邊眼鏡，問：「欸，ＸＸ大樓怎麼去？」我由婦人的樣貌與說話方式猜到她們多半是我曾經很排斥的小生意人太太。但這時，我內心竟找不到對問話者的一絲排斥，只有無比的親切與愉悅，只有一種不判別而想與另一生命靠近的本能。這本能正在我體內自由地舒展開來。

婦人們朝她們要去的地方去了。我起身，邁開腳步，一會兒後，不能再見到大草皮，我置身在校園邊陲的這片荒原當中。

一條木棧道沿著小溪溝蜿蜒，通向遠處的密林。我就走在蜿蜒道上，凝望小溝在腳下變寬、變深，漸漸地成了條小溪。一座木橋跨溪水而去。我走上橋，停在木欄杆的旁邊。我凝視水面搖曳的樹影，萍蓬草盛開的黃花，忽然間，一隻美麗的蒼鷺飛來，停在水邊的大石頭上方。它靜靜地杵立，那麼地優雅、莊嚴，我望著不禁心中感動萬分。我想，以前等於沒看過萬物，以為無趣的原來這麼動人，以為理所當然的原來這麼偉大……

突然，蒼鷺俯身衝向水面，銜起隻發亮的魚，隨即飛走了。我驚呆地站在原地，明白到，鳥優雅的姿態原來是盯著獵物伺機捕獵的。現在，鳥飛遠了，剛剛充盈在我心裡的感動還來不及消失，怎麼辨呢。

但我接著領悟到，如果我看過去那優雅又美麗的其實是生命與生命的日常殺戮，那麼，人與人的征伐，若由另一種我還達不到的角度看過去，會不會也是莊嚴又美麗的呢？

人是一種充滿矛盾的存在。大自然是一部悖論集。但，那又怎麼樣呢？矛盾或悖論是因為，那是由我的角度看過去的，是由我這受情緒與記憶支配的人看過去的。由大自然的角度看去，會不會卻是達到平衡的必然？

我想著蓄，想我見到她時要說些什麼。事情會不會是這樣子呢：大自然沒有邪惡也沒有善良，而人會死，人不願死，所以源起了善惡，開始辨別、分割，無止盡的辨別、分割。然而，人也有想與其他生命靠近的本能。體認著人的這種本能，我內心重新燃起了希望。我覺得，我好像能與矛盾共處了。是的，也許我還沒決定死亡是什麼，可是我決定我要與矛盾共處。我將接受此，也接受彼。我相信，想與其他生命靠近的本能，終能使人轉換思維到那不可能的角度去的。

那年，爸突然辭掉工作，還沒創業每天都待在家裡拼拼圖，拼梵谷的向日葵，也拼莫內的蓮花。然後，我學校放暑假了。有天，連日大雨停歇，他對我說我們出去玩吧。沒多久後，我們就在一座山林裡行走。樹林間，水聲潺潺。清澈的水流淌在泥路的車輪軌跡當中，路變成一條又寬又淺的河了。我踏進水中，好冰涼啊。我跑著，踢著，快活無比。爸卻走在一旁，只是笑，不肯把腳踏進水來。天黑時，我們回家。媽已將蕾由保姆處接回，正在廚房裡煮飯，出來一看，知道我們去哪裡胡鬧了，舉起我濕漉漉的白布鞋，劈頭就高聲地罵人。然後，媽走開去忙，爸像個做錯事的男孩，朝我露出一個調皮的微笑……

多年後，我站在木棧道上，終於再度想起了爸那個調皮的微笑。茂密樹林已經近在眼前。樹林就像粉紅大地上開啟的一扇大門，往裡看，深不見盡頭。但我沒感到畏懼。我帶著對一抹微笑的嶄新印象，平穩地走進去。

後記

那年，我二十一歲，必須決定未來志業了，卻覺得曾熱情追求的經濟學不會渡我到彼岸，尋求真知的志向似乎只是虛無飄渺，於是我終日徬徨又憂鬱。某天，一位愛和我鬥嘴的要好朋友吃驚地問：「什麼？你竟然沒讀過赫曼・赫塞的《流浪者之歌》？」我馬上去讀，沒想到因此獲得解答。此後我認定，鎮日讀書不會使我求得真知，而是得去經歷，得去流浪。同時，我決意成為一位小說家，期待有一天也寫出偉大的小說。

當然，事情不總盡如預期，魚與熊掌很少兼得。大學畢業後，我進入美商投資銀行，在金融業闖蕩，居住過世界上不同城市，用這種方式讓父母寬心，另一方面則幻想著白天浸濡於世事，晚上就賣力創作。然而，身心很快透支了，很難產生什麼火花。幾年後，我開始覺得，當年立下的志向大概做不到了。有時也想，白天的工作越來越有趣，自己變實際一點比較好。又有時，竟被更夢幻的比如作曲一類的吸引過去，彷彿陷入過度好奇之人的宿命。

後來有幾年，因生活的變動，我忽然處在極端對立的兩派人中間。那是在生活經驗、歷史觀、乃至何為真相等等都相異的兩方。兩方皆有我最親愛之人，我想讓他們感到支持，因為他們快樂我就快樂，但邏輯上不可能同時贊成兩方立場，所以我內心受著折磨。後來，我認清到，選擇哪一方都必須違背我自己。為了作為人好好活下去，我放下原有認知，栽進釐清和探索中，想靠自己重新一遍認識事物。

探索的時候，重讀了《安蒂岡妮》，發現比「殉道」這種常見描述更隱晦、更矛盾的豐富層次。在姊姊安蒂岡妮、妹妹伊絲米妮、甚至輔即王位的舅舅克里昂身上，我彷彿看到自己，也看到身邊許多人。於是，一對性格迥異、卻又同氣連枝的姊妹，在我面前出現了。

我想像這對姊妹的冒險，跟隨她們把許多事物與想法翻起、敲打、鑿挖，也與她們一起迷惘，偶爾鏟除某些阻力。歷經求索之後，我腦中產生一股揮之不去的感覺：我自己、身邊的人、我們處的社會、以及整個世界，不是全帶著晦澀難言的矛盾嗎？身為一個人，若只想輕鬆度日，從而否定這種矛盾的話，就得把自己與他人、自己與自己活生生地切割，一次又一次，直到乾癟貧血，形銷骨立。

就這樣，這對姊妹要求我，以寫小說的方式繼續我的探索。而我，在那麼多年不由自主地為了創作志向而經歷較常理更多的山和海、風和浪以後，終究沒放棄小說創作。

這部故事我最初是以第三人稱寫作，但總捉摸不到重量。後改以妹妹姚謙薈的角度述說，但還是不成。最後，我醒悟到，得以姊姊姚明儀的視角講述，也就是說，得進入這個頗為彆扭的人物當中，由她的眼看世界、同時受世界影響，如此做了以後，我才掌握到核心，完成小說。這樣一次次剝除個人的自我意識，重新由一頁白紙寫到最後的過程，雖辛苦，卻再也沒有更好方法能激發一位創作者的想像力了。

寫作小說時，想像力的目的是，要擺脫具體事實在內的一切束縛，以期逼近那難以捉摸的真實。想像與理解是兩股纏繞而上、相互驅策的力量。為了使出此力，全心全意地創作一段時日以後，有一天，我忽然發現，現實種種全對我展現新的意義。若讀者讀完本書，也發展出屬於自己的嶄新眼光望向生活，這將是我身為創作者的最大滿足。

在人工智能時代，一個人讀人寫的小說，就像在汽車時代人仍要去原野騎馬健行、鍛練體魄，是一種生活選擇，而人親手寫小說不太可能是為了謀生，卻更可能是為進行寶貴的精神探索。寫《玻璃屋的人們》時，我一直感到手裡心中有舵的重量。寫下最後一行句子時，我很高興地明白，原來舵一直都在，人生過去所有看似迷航的探索，全是為了航向二十一歲時遠眺所見的彼方。是為後記。

聯經文庫

玻璃屋的人們

2025年8月初版　　定價：新臺幣350元

著者	林意凡
企畫主編	黃榮慶
校對	吳素慧
內文排版	烏日設計
封面視覺	胡瑞真
封面設計	兒日

出版者	聯經出版事業股份有限公司
地址	新北市汐止區大同路一段369號1樓
叢書編輯電話	(02)86925588轉5307
台北聯經書房	台北市新生南路三段94號
電話	(02)23620308
郵政劃撥	帳戶第0100559-3號
郵撥電話	(02)23620308
印刷者	文聯彩色製版印刷有限公司
總經銷	聯合發行股份有限公司
發行所	新北市新店區寶橋路235巷6弄6號2樓
電話	(02)29178022

編務總監	陳逸華
副總經理	王聰威
總經理	陳芝宇
社長	羅國俊
發行人	林載爵

行政院新聞局出版事業登記證局版臺業字第0130號

本書如有缺頁，破損，倒裝請寄回台北聯經書房更換。　ISBN 978-957-08-7734-2 (平裝)
電子信箱：linking@udngroup.com

國家圖書館出版品預行編目資料

玻璃屋的人們/林意凡著．初版．新北市．聯經．
2025年8月．248面．14.8×21公分（聯經文庫）
ISBN 978-957-08-7734-2（平裝）

863.57　　114008110